山田社

STS
山田社

別再鬧彆扭了

韓語基礎40音

學發音、趣味圖、會話34變句型，最有梗的韓語教室

金龍範 ◎著

山田社

PREFACE

前言

學外語就是要讓腦袋更靈活，
讓工作機會主動找上門，讓未來更寬廣！

「什麼？這根本是中文吧！」
韓語中大量詞語發音跟中文相似度高達 80%，不用學，其實已經會啦！
有優勢的您， 還不學，就太浪費啦！

可愛嘴型插圖解說＋中文、羅馬雙重拼音＋單元驗收小複習
再加碼會話 34 變句型，馬上學，馬上用！
最有梗內容，讓韓語飛躍式成長！

精彩內容：

- 可愛插圖破解韓文字，啟動右腦圖像速記！
- 「中文＋羅馬拼音」雙重輔助，自學起步超簡單！
- 超活用關鍵 34 句型，會話 34 變，24 小時生活例句順口就來！
- 情境分類每日單字，建立活用字庫！
- 生活單字、常用會話全舉例，內容紮實超豐富！
- 聽專業發音大聲唸，由慢到快貼心帶領！
- 動手寫寫看，「習字帖」加深記憶力道！
- 課後小練習，用「聽寫」立驗成果！

想要輕鬆唱出最愛韓星的歌曲嗎？
想要暢遊韓國、體驗韓國文化嗎？
熱愛韓劇和追星，卻總要依靠字幕翻譯嗎？

想學韓文的您，好康告訴您：
學韓文幾乎不用背單字，會中文的您早就會啦！投資
報酬率超高！入門超簡單，不知不覺就朗朗上口！

為什麼學韓文進步超有感？

韓國以前是中國的藩屬國，因此在發明韓文前，雖然講的是韓語，卻使用中國漢字書寫。後來韓國發明了自己的文字，漢字也逐漸停用。儘管如此，漢字仍然使用在名字、公司行號及重要節日等等上面。不僅如此，現在的韓語中，還是留下許多詞語，都有漢字可以對應的，而且發音也幾乎跟中文一樣。例如：

韓文：雨傘（우산）⋯› 發音：屋傘 ⋯› 中文意思：雨傘
韓文：理由（이유）⋯› 發音：衣由 ⋯› 中文意思：理由
韓文：友好（우호）⋯› 發音：屋後 ⋯› 中文意思：友好
韓文：郵票（우표）⋯› 發音：五票 ⋯› 中文意思：郵票
韓文：運送（운송）⋯› 發音：溫送 ⋯› 中文意思：運送

是不是驚訝的發現，太多單字跟中文原來這麼像？我們幾乎不用學就會一半啦！

其實韓國文字也深受中國文化影響，按照中國的天地人思想創造出來的。再加上有些韓語發音，跟中文相似，記起來就是這麼簡單！本書在這一基礎上更精心編寫「圖解造字」及「圖解發音」，以快速啓發您右腦聯想記憶，配合「中文＋羅馬拼音」的輔助，包您看到韓國文字，馬上會念！這麼好學的語言，就別再遲疑，現在就一口氣學會韓語 40 音！

掌握最有梗 8 大重點，學好 40 音超輕鬆——

重點 1　可愛插圖破解韓文字，啟動右腦圖像速記！

韓語的母音有圈、有線、有點，是根據中國天地人思想而來的：圈圈「ㅇ」代表太陽（天），橫線「ㅡ」代表地，直線「ㅣ」是人。本書利用可愛的「圖解造字」讓筆直的韓文筆畫變得逗趣生動，看圖一秒理解母音字源，同時啟動右腦的圖像記憶，讓您發回 200% 的腦力，把短期記憶快速植入長期記憶，看過就很難忘記！

而韓語子音，是模仿發音嘴形的樣子而造的。本書用詼諧有趣的小蕃茄「圖解發音」，圖片中藏著字型，讓您只要看到圖就能直接聯想子音的寫法！同時為您示範「口中透視圖」，細細解說嘴型、牙齒、吐氣及舌頭擺放的位置，讓您從裡到外透視韓語發音的「嘴上秘密」，無師也能自通精準發音。接著就只要像拼拼圖一樣，子音及母音組合起來方方正正，用圖讓您一點就通！

重點 2　「中文＋羅馬拼音」雙重輔助，自學起步超簡單！

本書為初學韓語的讀者量身打造，將所有例句、單字都精心標注「中文＋羅馬拼音」，熟悉韓語發音規則後，再搭配拼音輔助，只要轉換一下，中文馬上變韓語！就算是零基礎的讀者，在家自學也能感到輕鬆無挫折，迅速建立起信心及興趣，越學越有趣！阿公、阿嬤也完全不費力！前往韓國旅遊還能化成隨身工具書，走到哪說到哪！

重點 3　超活用關鍵 34 句型，會話 34 變，24 小時生活例句順口就來！

學完單字和短句，接著本書將教您一天 24 小時一定用得到的基本 34 個句型。只要將喜歡的單字套入公式，就能舉一反三，馬上學、馬上應用在各種場合，好玩、好學又實用，讓您在初學韓國階段就能快速應用，旅遊韓國暢行無阻！沒有艱深的文法教學，也能飛快進步，享受學韓語的樂趣，又能達到良好的學習效果。「不知不覺」韓語就變得好流利，而且越學越有勁。

重點 4　情境分類每日單字，建立活用字庫！

學完了基礎發音，再用時間、交通、顏色等主題幫您分類情境單字，串聯相關字詞，就像把單字放進不同的抽屜裡，一遇到情境就能喚醒一整串詞彙，為您建立每日必說的單字庫，單字量輕鬆暴增！

重點 5　生活單字、常用會話全舉例，內容紮實超豐富！

每個發音皆為您精選最實用的基礎生活單字，在學習發音的同時，還能順便累積單字量。接著再為您示範常用會話，由短到長，由淺入深，從應用中雙向學習、強化印象，並提供不同語境下的發音，達到雙倍效果，不只高效率，還讓記憶更清晰！

重點 6　聽專業發音大聲唸，由慢到快貼心帶領！

本書獨家免費附贈「這樣發音才像韓國人」的專業韓語老師朗讀光碟，只要跟著老師「慢→快」念 3 次，「眼」、「耳」、「口」、「手」全方位學習，用聽＋說的方式多練幾遍，還可以活用等車、坐車、喝咖啡等零碎時間，將 40 音學得又快又好。發音、字母一次到位，單字、句子一口氣學會，流利韓文大聲跟著念就對啦！

重點 7　動手寫寫看，「習字帖」加深記憶力道！

每個發音都附上單字手寫欄，並用數字教您一筆一劃的書寫順序，讓您動動手，在趣味習得一手正確又端正的好字。反覆寫上十幾次，用筆寫法挖掘大腦的潛力，更能將字型深深烙印腦海，想忘記都難！

重點 8　課後小練習，用「聽寫」立驗成果！

學完一課，您真的學會了嗎？每個單元，最後都附上一頁聽寫練習為課程做收尾，透過仔細聽、大聲念、寫出來，再次磨亮讀者的聽說讀寫能力，加強對正確發音的敏感度。而每單元一次的總複習，除了可以檢視自己的學習成果，也能再次複習學過的內容。建議打鐵趁熱，學完即刻驗收，找出學習盲點、啟動回想、加深記憶！

本書用眼、耳、口、手全方位教學的方式，讓學語言不只是紙上談兵，而是透過動動口、動動手，讓您在初學韓文階段充分體驗最有梗的學習樂趣，不知不覺溜一口標準韓語，並且讓腦袋更靈活，讓工作機會主動找上門，讓未來更寬廣！

CONTENTS

目錄

韓語文字及發音

看起來有方方正正、有圈圈的韓語文字，據說那是創字時，從雕花的窗子，得到靈感的。圈圈代表太陽（天），橫線代表地，直線是人，這可是根據中國天地人思想，也就是宇宙自然法則的喔！

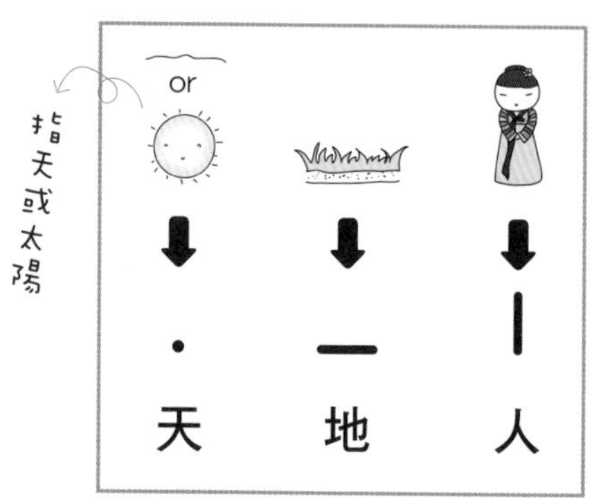

另外，韓文字的子音跟母音，在創字的時候，是模仿發音的嘴形，很多發音可以跟我們的注音相對照，而且也是用拼音的。

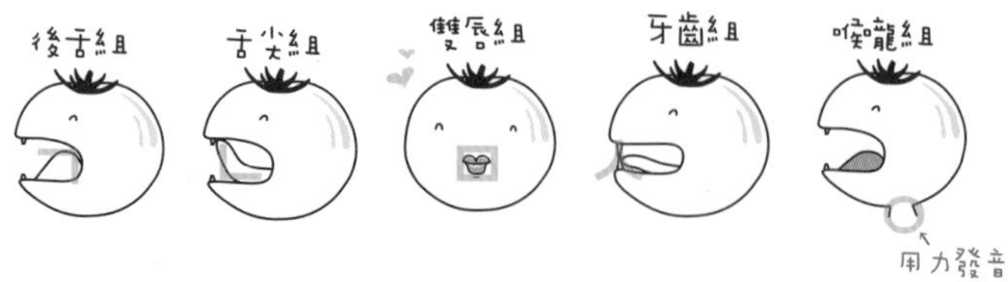

韓文有 70% 是漢字詞，那是從中國引進的。發音也是模仿了中國古時候的發音。因此，只要學會韓語 40 音，知道漢字詞的造詞規律，很快就能學會 70% 的單字。

❶ 韓語發音及注音、中文標音對照表

	表記	羅馬字	注音標音	中文標音
基本母音	ㅏ	a	ㄚ	阿
	ㅑ	ya	ㄧㄚ	鴨
	ㅓ	eo	ㄛ	喔
	ㅕ	yeo	ㄧㄛ	幽
	ㅗ	o	ㄡ	歐
	ㅛ	yo	ㄧㄡ	優
	ㅜ	u	ㄨ	屋
	ㅠ	yu	ㄧㄨ	油
	ㅡ	eu	ㄜㄨ	惡
	ㅣ	i	ㄧ	衣
複合母音	ㅐ	ae	ㄟ	耶
	ㅒ	yae	ㄧㄟ	也
	ㅔ	e	ㄝ	給
	ㅖ	ye	ㄧㄝ	爺
	ㅘ	wa	ㄨㄚ	娃
	ㅙ	wae	ㄛㄝ	歪
	ㅚ	oe	ㄨㄝ	威
	ㅝ	wo	ㄨㄛ	我
	ㅞ	we	ㄨㄝ	胃
	ㅟ	wi	ㄩ	為
	ㅢ	ui	ㄛㄧ	*喔衣*

	表記	羅馬字	注音標音	中文標音
基本子音	ㄱ	k/g	ㄎ／ㄍ	課／哥
	ㄴ	n	ㄋ	呢
	ㄷ	t/d	ㄊ／ㄉ	德
	ㄹ	r/l	ㄦ／ㄌ	勒
	ㅁ	m	ㄇ	母
	ㅂ	p/b	ㄆ／ㄅ	波／伯
	ㅅ	s	ㄙ	思
	ㅇ	不發音/ng	不發音／ㄥ	不發音／嗯
	ㅈ	ch/j	ㄘ／ㄗ	己／姿
	ㅎ	h	ㄏ	喝
送氣音★	ㅊ	ch	ㄘ／ㄑ	此
	ㅋ	k	ㄎ	棵
	ㅌ	t	ㄊ	特
	ㅍ	p	ㄆ	坡
硬音☆	ㄲ	kk	ㄍ丶	哥
	ㄸ	tt	ㄉ丶	德
	ㅃ	pp	ㄅ丶	伯
	ㅆ	ss	ㄙ丶	思
	ㅉ	cch	ㄗ丶	姿

	表記	羅馬字	注音標音	中文標音
收尾音	ㄱ	k	ㄍ	學（台語）的尾音
	ㄴ	n	ㄣ	安（台語）的尾音
	ㄷ	t	ㄊ	日（台語）的尾音
	ㄹ	l	ㄖ	兒（台語）
	ㅁ	m	ㄇ	甘（台語）的尾音
	ㅂ	p	ㄆ	葉（台語）的尾音
	ㅇ	ng	ㄥ	爽（台語）的尾音

★ 送氣音就是用強烈氣息發出的音。

☆ 硬音就是要讓喉嚨緊張，加重聲音，用力唸。這裡用「ˋ」表示。

★ 本表之注音及中文標音，僅提供方便記憶韓語發音，實際發音是有差別的。

❷ 韓文是怎麼組成的呢？

韓文是由母音跟子音所組成的。排列方法是由上到下，由左到右。大分有下列６種：

	組成	排列
1	子音＋母音 →	 子 母（上下）
2	子音＋母音 →	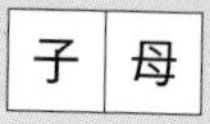 子 母（左右）
3	子音＋母音＋母音 →	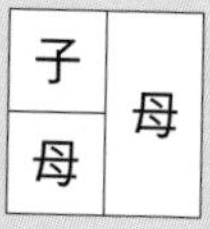 子／母（左上下），母（右）
4	子音＋母音＋子音（收尾音）→	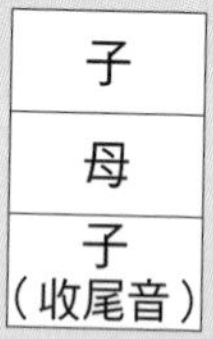 子 母 子（收尾音）
5	子音＋母音＋子音（收尾音）→	 子 母 子（收尾音）
6	子音＋母音＋母音＋子音（收尾音）→	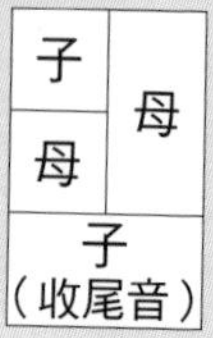 子／母（左上下），母（右） 子（收尾音）

❸ 反切表：平音、送氣音跟基本母音的組合（光碟錄音在46首）

母音 / 子音	ㅏ a	ㅑ ya	ㅓ eo	ㅕ yeo	ㅗ o	ㅛ yo	ㅜ u	ㅠ yu	ㅡ eu	ㅣ i
ㄱ k/g	가 ka	갸 kya	거 keo	겨 kyeo	고 ko	교 kyo	구 ku	규 kyu	그 keu	기 ki
ㄴ n	나 na	냐 nya	너 neo	녀 nyeo	노 no	뇨 nyo	누 nu	뉴 nyu	느 neu	니 ni
ㄷ t/d	다 ta	댜 tya	더 teo	뎌 tyeo	도 to	됴 tyo	두 tu	듀 tyu	드 teu	디 ti
ㄹ r/l	라 ra	랴 rya	러 reo	려 ryeo	로 ro	료 ryo	루 ru	류 ryu	르 reu	리 ri
ㅁ m	마 ma	먀 mya	머 meo	며 myeo	모 mo	묘 myo	무 mu	뮤 myu	므 meu	미 mi
ㅂ p/b	바 pa	뱌 pya	버 peo	벼 pyeo	보 po	뵤 pyo	부 pu	뷰 pyu	브 peu	비 pi
ㅅ s	사 sa	샤 sya	서 seo	셔 syeo	소 so	쇼 syo	수 su	슈 syu	스 seu	시 si
ㅇ –/ng	아 a	야 ya	어 eo	여 yeo	오 o	요 yo	우 u	유 yu	으 eu	이 i
ㅈ ch/j	자 cha	쟈 chya	저 cheo	져 chyeo	조 cho	죠 chyo	주 chu	쥬 chyu	즈 cheu	지 chi
ㅊ ch	차 cha	챠 chya	처 cheo	쳐 chyeo	초 cho	쵸 chyo	추 chu	츄 chyu	츠 cheu	치 chi
ㅋ k	카 ka	캬 kya	커 keo	켜 kyeo	코 ko	쿄 kyo	쿠 ku	큐 kyu	크 keu	키 ki
ㅌ t	타 ta	탸 tya	터 teo	텨 tyeo	토 to	툐 tyo	투 tu	튜 tyu	트 teu	티 ti
ㅍ p	파 pa	퍄 pya	퍼 peo	펴 pyeo	포 po	표 pyo	푸 pu	퓨 pyu	프 peu	피 pi
ㅎ h	하 ha	햐 hya	허 heo	혀 hyeo	호 ho	효 hyo	후 hu	휴 hyu	흐 heu	히 hi

韓語
40音
1
基本母音

ㅏ [a]

track 01

很像注音「ㄚ」。嘴巴放鬆自然張大，舌頭碰到下齒齦，嘴唇不是圓形的喔！

1 「ㅏ」的發音

·注意聽標準腔調，老師會唸 3 次

跟中文的「阿」相似 ➔ ㅏ [a] ▶ ㅏ [a] ▶ ㅏ [a]

2 練習寫寫看

아	아	아	아			

3 有「ㅏ」的單字

· 跟著老師慢慢唸

a . u	a . i
 아우	 아이
阿 . 屋	阿 . 衣
弟弟	**小孩**

4 有「ㅏ」的會話

· 配合線上音檔，大聲唸就記得住喔！

❶ 

慢慢唸
不要急

아니야.
a . ni . ya

不對，
不是。

❷ 

跟老師
一起唸

아니야.
阿 . 尼 . 呀

不對，
不是。

❸ 

跟韓國人
大聲說

아니야.

ㅑ [ya]

track 02

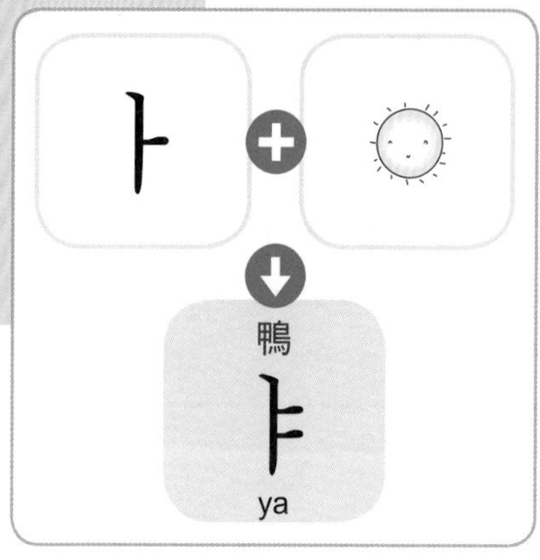

很像注音「ㄧㄚ」。發音的訣竅是，先發「ㅣ [i]」，然後快速滑向「ㅏ [a]」，就可以發出「ㅑ」音囉！

1 「ㅑ」的發音

・注意聽標準腔調，老師會唸 3 次

跟中文的「鴨」相似

ㅑ [ya] ㅑ [ya] ㅑ [ya]

2 練習寫寫看

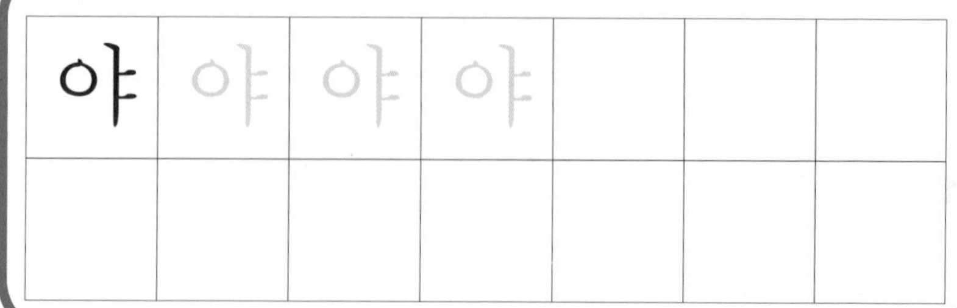

3 有「ㅑ」的單字

· 跟著老師慢慢唸

a . ya	sim . ya
아야	심야
阿 . 鴨	心 . 鴨
啊唷	**深夜**
（疼痛時喊痛表現）	

4 有「ㅑ」的會話

· 配合線上音檔，大聲唸就記得住喔！

❶ 

慢慢唸
不要急

오래간만이야.
o. re . kan . ma. ni . ya

好久不見。

❷ 

跟老師
一起唸

오래간만이야.
喔 . 雷 . 敢 . 罵 . 你 . 鴨

好久不見。

❸ 

跟韓國人
大聲說

오래간만이야.

ㅓ [eo]

track 03

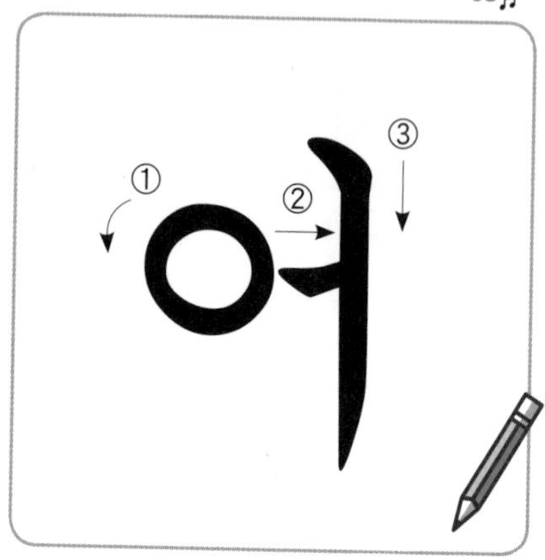

很像注音「ㄛ」。嘴巴放鬆自然張開，比發「ㅏ [a]」要張得小一點，後舌面隆起，嘴唇不是圓形的喔！

1 「ㅓ」的發音

· 注意聽標準腔調，老師會唸 3 次

跟中文的「喔」相似

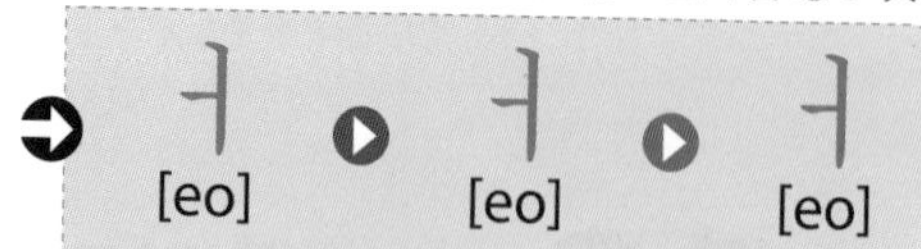

2 練習寫寫看

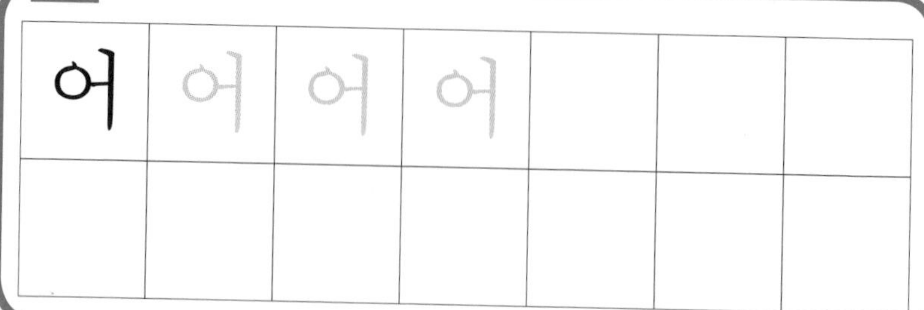

3 有「ㅓ」的單字

· 跟著老師慢慢唸

eo . i	i . eo
어이	이어
哦 . 衣	衣 . 哦
喂！	**持續**
(呼叫朋友或比自己小的人用)	

4 有「ㅓ」的會話

· 配合線上音檔，大聲唸就記得住喔！

❶ 慢慢唸 不要急

있어요. 有。

i . sseo . yo

❷ 跟老師一起唸

있어요. 有。

己 . 搜 . 有

❸ 跟韓國人大聲說

있어요.

ㅕ [yeo]

track 04

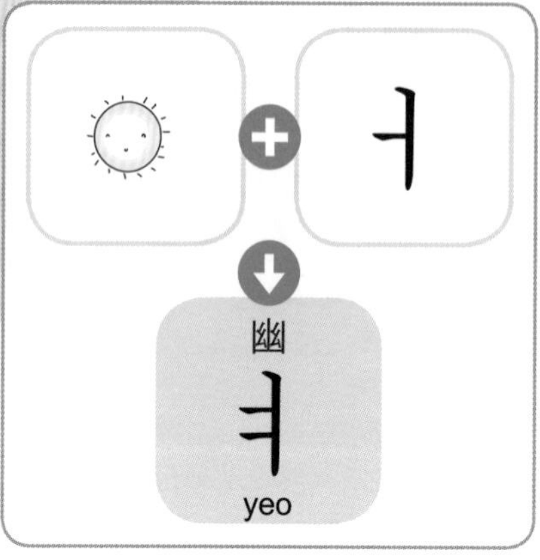

很像注音「ㄧㄛ」。發音的訣竅是，先發「ㅣ [i]」，然後快速滑向「ㅓ [eo]」，就就可以發出「ㅕ」音囉！

1 「ㅕ」的發音

・注意聽標準腔調，老師會唸 3 次

跟中文的「幽」相似 ➔ ㅕ [yeo] ▶ ㅕ [yeo] ▶ ㅕ [yeo]

2 練習寫寫看

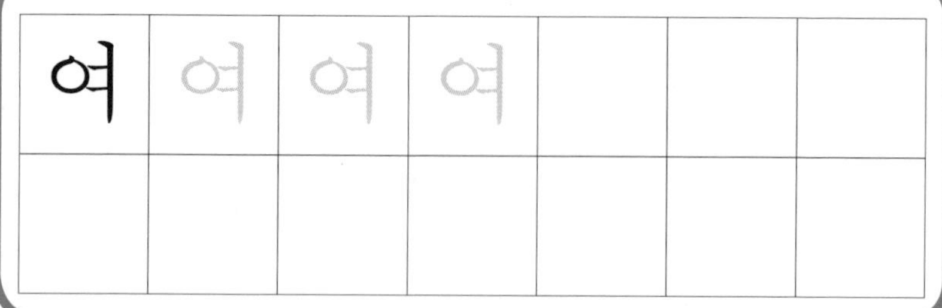

3 有「ㅕ」的單字

·跟著老師慢慢唸

yeo . yu	yeo . ja . a . i
여유	여자아이
有 . 友	有 . 叉 . 阿 . 伊
充裕	女兒（女孩子）

4 有「ㅕ」的會話

·配合線上音檔，大聲唸就記得住喔！

❶ 慢慢唸
不要急

여보세요.
yeo . bo . se . yo

喂～（打電話時）。

❷ 跟老師
一起唸

여보세요.
有 . 普 . 塞 . 油

喂～（打電話時）。

❸ 跟韓國人
大聲說

여보세요.

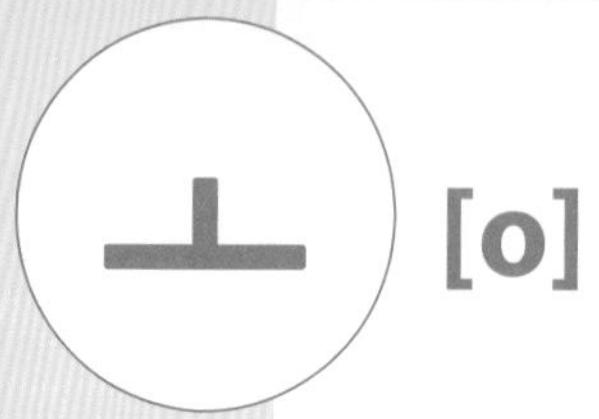

ㅗ [o]

track 05

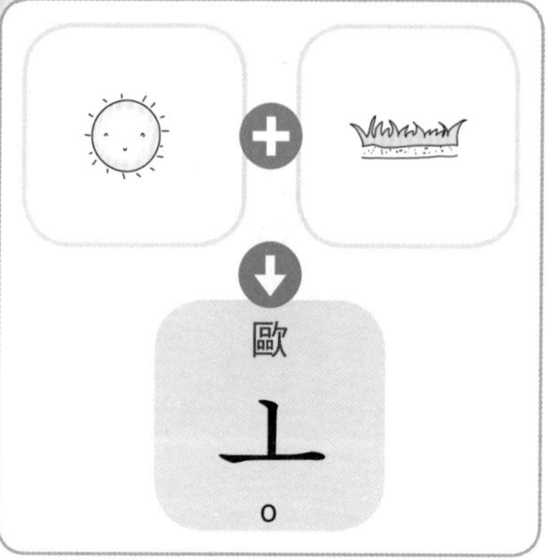

很像注音「ㄡ」。嘴巴微張，後舌面隆起，雙唇向前攏成圓形。

1 「ㅗ」的發音

·注意聽標準腔調，老師會唸 3 次

跟中文的「歐」相似

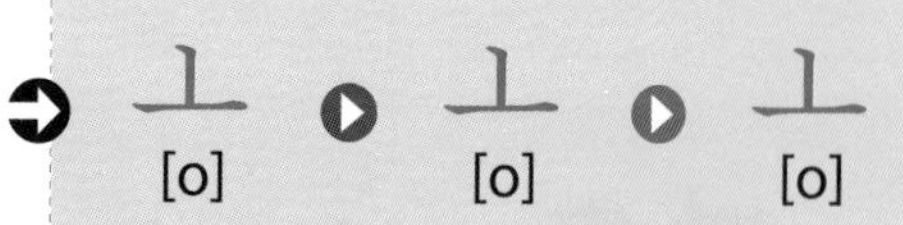

2 練習寫寫看

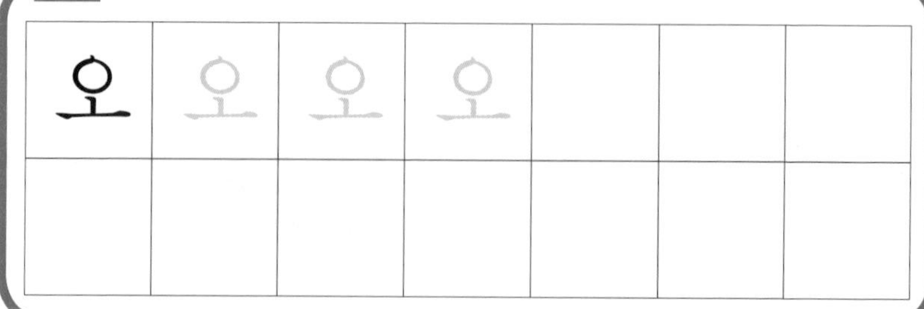

3 有「ㅗ」的單字

· 跟著老師慢慢唸

o . i	o . neul

歐 . 衣	歐 . 內
小黃瓜	今天

4 有「ㅗ」的會話

· 配合線上音檔，大聲唸就記得住喔！

慢慢唸
不要急

또 오세요.
ddo . o . se . yo

請您再度光臨。

❷ 

跟老師
一起唸

또 오세요.
都 . 歐 . 塞 . 油

請您再度光臨。

❸ 

跟韓國人
大聲說

또 오세요. 

ㅛ [yo]

track 06

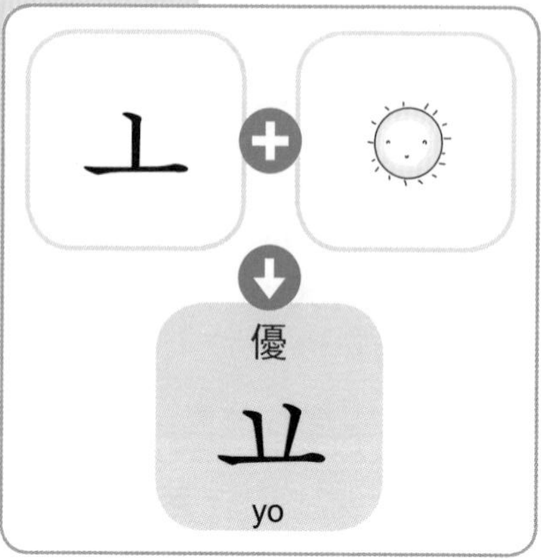

很像注音「ㄧㄡ」。發音訣竅是，先發「ㅣ [i]」，然後快速滑向「ㅗ [o]」，就可以發出「ㅛ」音囉！

1 「ㅛ」的發音

· 注意聽標準腔調，老師會唸 3 次

跟中文的「優」相似 ➔ ㅛ [yo] ▶ ㅛ [yo] ▶ ㅛ [yo]

2 練習寫寫看

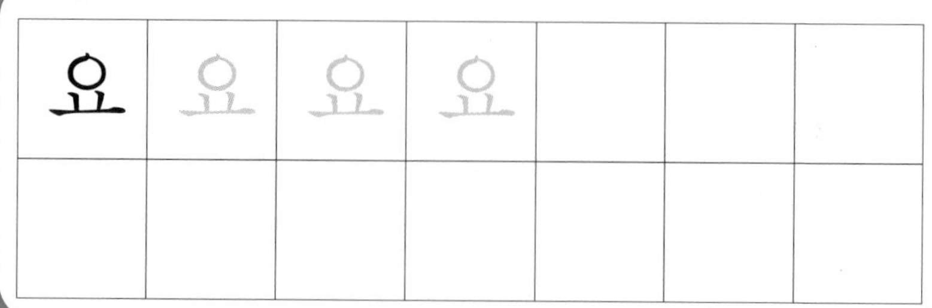

3 有「ㅛ」的單字

· 跟著老師慢慢唸

yo	wo . ryo . il
요	월요일
優	我 . 優 . 憶兒
墊被	**星期一**

4 有「ㅛ」的會話

· 配合線上音檔，大聲唸就記得住喔！

❶ 

慢慢唸
不要急

알았어(요).
a . ra . seo . (yo)

知道了。

❷ 

跟老師
一起唸

알았어(요).
阿 . 拉 . 受 . (優)

知道了。

❸ 

跟韓國人
大聲說

알았어(요).

ㅜ [u]

track 07

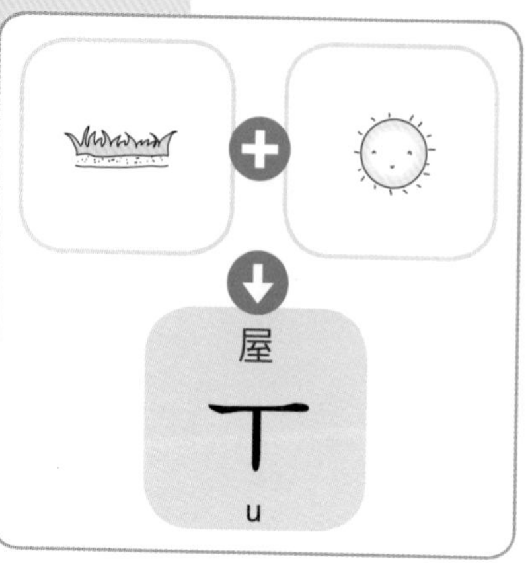

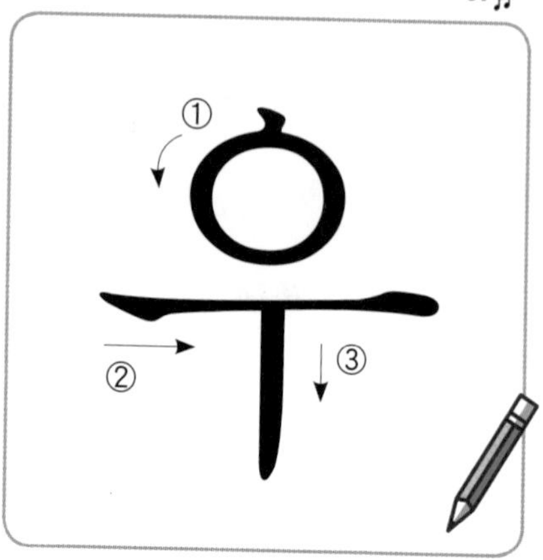

很像注音「ㄨ」。它的口形比「ㅗ [o]」小些，後舌面隆起，接近軟齶，雙唇向前攏成圓形。

1 「ㅜ」的發音

· 注意聽標準腔調，老師會唸 3 次

跟中文的「屋」相似

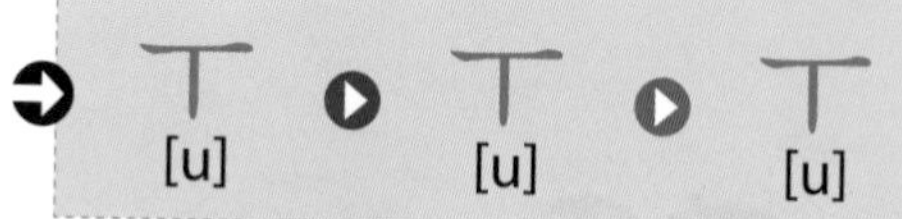

2 練習寫寫看

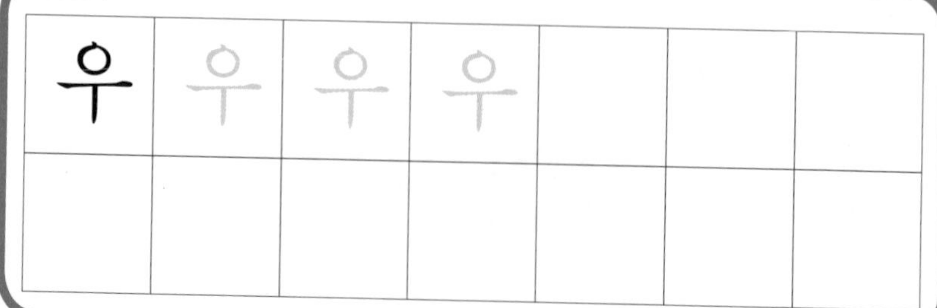

3 有「ㅜ」的單字

· 跟著老師慢慢唸

u . yu	u . san
우유	우산
屋 . 優	屋 . 傘
牛奶	雨傘

4 有「ㅜ」的會話

· 配合線上音檔，大聲唸就記得住喔！

❶ 

慢慢唸
不要急

우리 만난 적 있나요.
u.ri.man.nan.cheo.gin.na.yo
我們以前見過面嗎？

❷ 

跟老師
一起唸

우리 만난 적 있나요.
屋.里.滿.難.秋.引.娜.喲
我們以前見過面嗎？

❸ 

跟韓國人
大聲說

우리 만난 적 있나요.

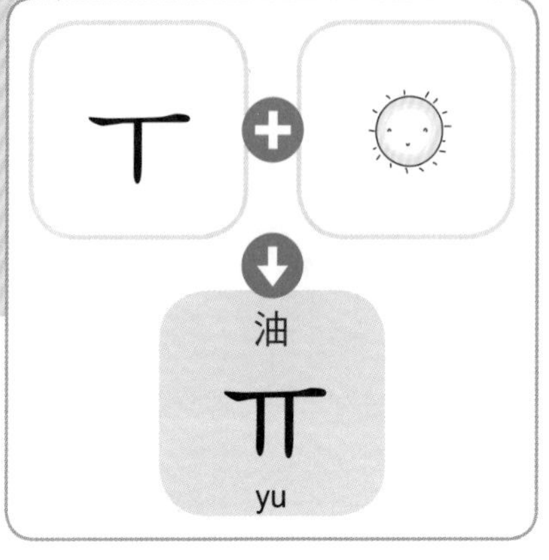

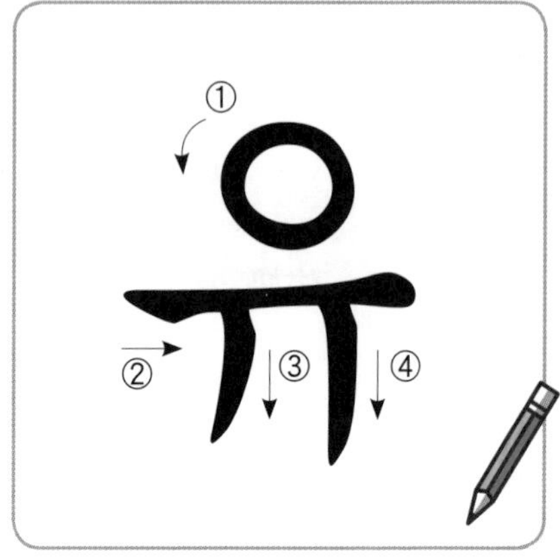

很像注音「ㄧㄨ」。發音訣竅是，先發「ㅣ [i]」，然後快速滑向「ㅜ [u]」，就成為「ㅠ」音囉！

1 「ㅠ」的發音

．注意聽標準腔調，老師會唸 3 次

跟中文的「油」相似 ➔ ㅠ [yu] ▶ ㅠ [yu] ▶ ㅠ [yu]

2 練習寫寫看

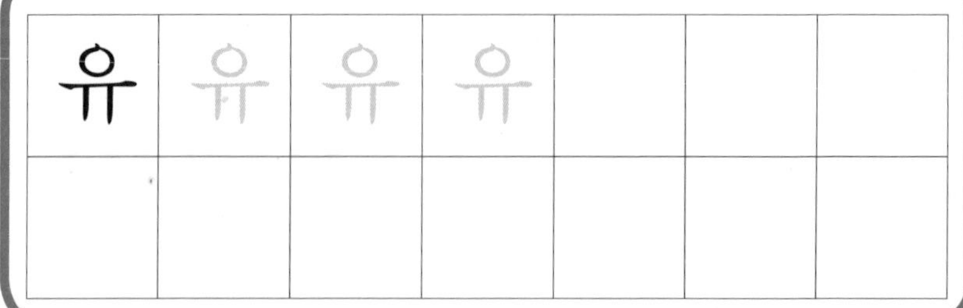

3 有「ㅠ」的單字

· 跟著老師慢慢唸

yu . a	yu . ri
유아	유리
油 . 阿	油 . 裡
嬰兒	玻璃

4 有「ㅠ」的會話

· 配合線上音檔，大聲唸就記得住喔！

❶ 
慢慢唸
不要急

안됐다(유감).
an . duet . da . (yu . kam)
真是遺憾啊！

❷ 
跟老師
一起唸

안됐다(유감).
安 . 堆 . 打 . (油 . 卡母)
真是遺憾啊！

❸ 
跟韓國人
大聲說

안됐다(유감). 

ㅡ [eu]

track 09

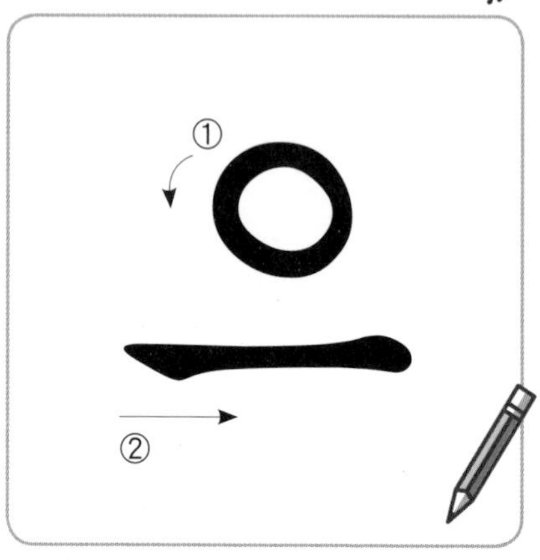

很像注音「ㄜㄨ」。嘴巴微張，左右拉成一字形。舌身有一點向後縮，後舌面稍微向軟齶隆起。

1 「ㅡ」的發音

· 注意聽標準腔調，老師會唸 3 次

跟中文的「惡」相似 → ㅡ [eu] ▶ ㅡ [eu] ▶ ㅡ [eu]

2 練習寫寫看

으	으	으	으			

3 有「一」的單字

· 跟著老師慢慢唸

eu.eung

惡．嗯

嗯～

（反問或肯定時的表現）

4 有「一」的會話

· 配合線上音檔，大聲唸就記得住喔！

❶ 

慢慢唸
不要急

새해 복 많이 받으세요.

se.he.bok.ma.ni.ba.deu.se.yo

新年快樂！

❷ 

跟老師
一起唸

새해 복 많이 받으세요.

賽．黑．伯．罵．你．爬得．惡．塞．優

新年快樂！

❸ 

跟韓國人
大聲說

새해 복 많이 받으세요.

track 10

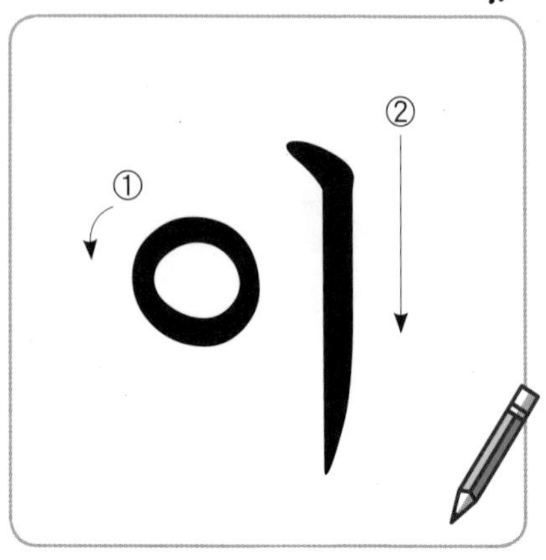

很像注音「ㄧ」。嘴巴微張，左右拉開一些，舌尖碰到下齒齦，舌面隆起靠近硬齶。

1 「ㅣ」的發音

· 注意聽標準腔調，老師會唸 3 次

跟中文的「衣」相似

2 練習寫寫看

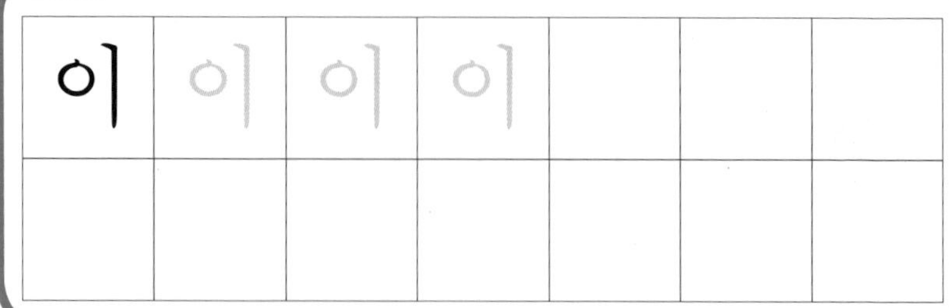

3 有「ㅣ」的單字

· 跟著老師慢慢唸

i . yu	si . pi
 이유	 십이
衣 . 由	細 . 比
理由	**十二**

4 有「ㅣ」的會話

· 配合線上音檔，大聲唸就記得住喔！

❶ 

慢慢唸
不要急

아이고.
a . i . go

我的天啊！

❷ 

跟老師
一起唸

아이고.
阿 . 衣 . 姑

我的天啊！

❸ 

跟韓國人
大聲說

아이고.

問題練習 1
Practice

❶ 寫寫看

아우	아	우								
아이	아	이								
아야	아	야								
어이	어	이								

❷ 翻譯練習（中文翻成韓文）

1. 理由 ______________　　3. 嬰兒 ______________

2. 牛奶 ______________　　4. 玻璃 ______________

❸ 跟老師念念看

Track 11

老師唸一次	大聲跟著唸	老師唸一次	大聲跟著唸
1. 아우 ➡	아우	3. 우유 ➡	우유
2. 아이 ➡	아이	4. 으응 ➡	으응

❹ 聽寫練習

Track 11

1. ______________　　5. ______________

2. ______________　　6. ______________

3. ______________　　7. ______________

4. ______________　　8. ______________

韓語40音 2

子音之1（平音）

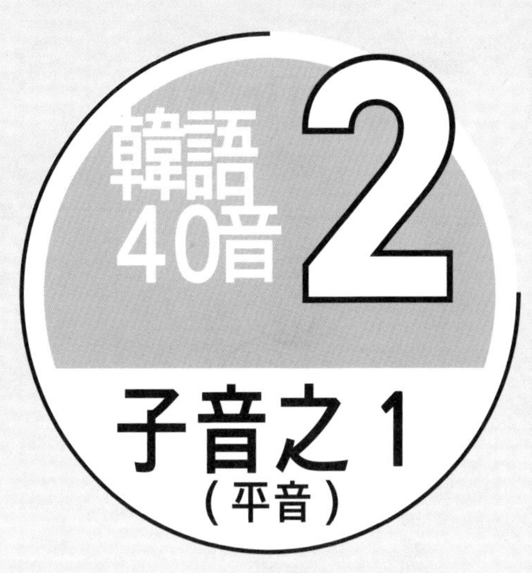

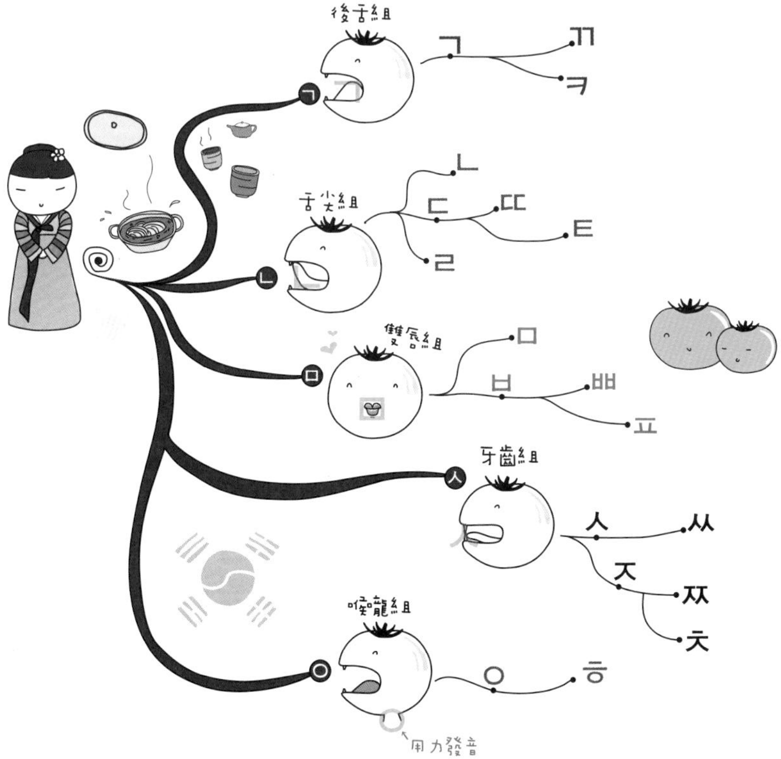

後舌組
ㄱ
ㄱ
ㄲ
ㅋ
舌尖組
ㄴ
ㄴ
ㄷ
ㄸ
ㅌ
ㄹ
雙唇組
ㅁ
ㅁ
ㅂ
ㅃ
ㅍ
牙齒組
ㅅ
ㅅ
ㅆ
ㅈ
ㅉ
ㅊ
喉嚨組
ㅇ
ㅇ
ㅎ
用力發音

ㄱ [k/g]

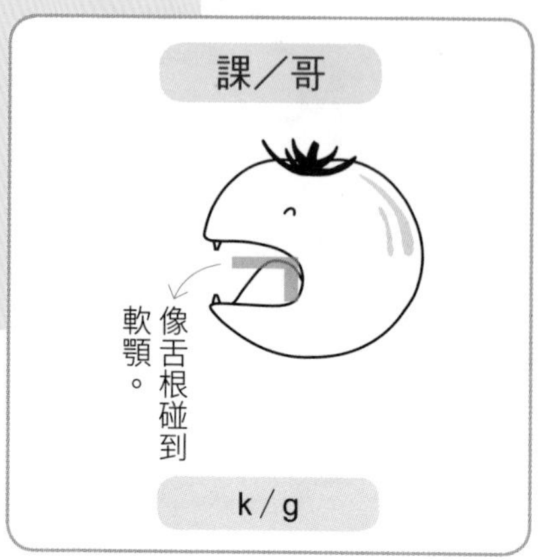

很像注音「ㄎ／ㄍ」。將後舌面隆起，讓舌根碰到軟顎，把氣流檔起來，然後很快放開，讓氣流衝出來發音。在字首發「k」，其它發「g」。

1 「ㄱ」的發音

· 注意聽標準腔調，老師會唸 3 次

跟中文的「課／哥」相似 ➔ ㄱ [g] ▶ ㄱ [g] ▶ ㄱ [g]

2 練習寫寫看

가	가	가	가			
거	거	거	거			

3 有「ㄱ」的單字

·跟著老師慢慢唸

ka . gu	keo . gi
가구	거기
卡．姑	科．給
家具	那裡

4 有「ㄱ」的會話

·配合線上音檔，大聲唸就記得住喔！

❶ 

慢慢唸
不要急

가자.
ka . ja

快走吧！
（一同走）

❷ 

跟老師
一起唸

가자.
卡．家

快走吧！
（一同走）

❸ 

跟韓國人
大聲說

가자.

ㄴ [n]

track 13

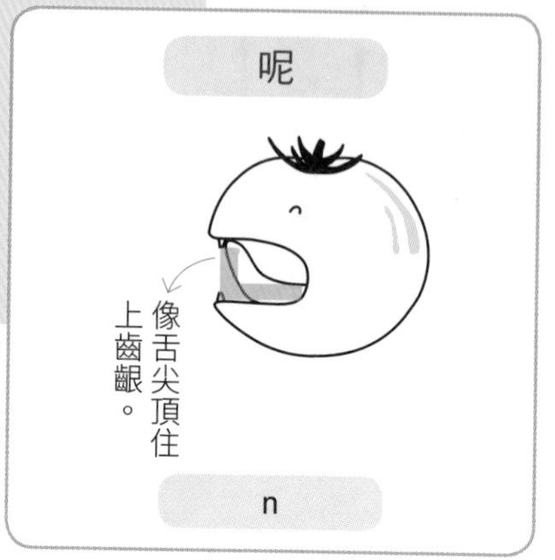

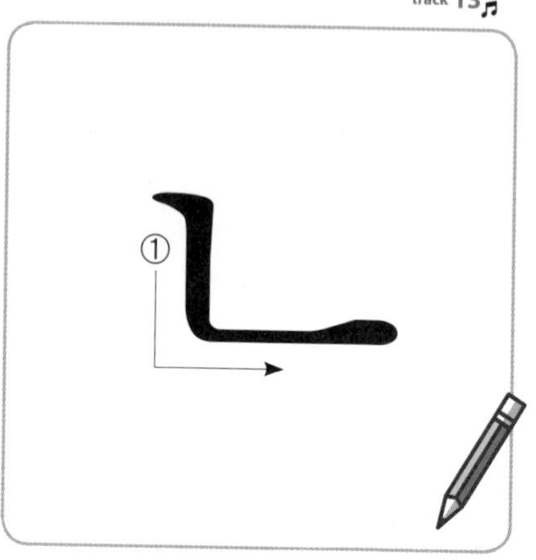

很像注音「ㄋ」。舌尖先頂住上齒齦，把氣流擋住，讓氣流從鼻腔跑出來，同時舌尖離開上齒齦，要振動聲帶喔！

1 「ㄴ」的發音

· 注意聽標準腔調，老師會唸 3 次

跟中文的「呢」相似

ㄴ [n] ㄴ [n] ㄴ [n]

2 練習寫寫看

3 有「ㄴ」的單字

· 跟著老師慢慢唸

nu . gu	na . i
누구	나이
努 . 姑	娜 . 衣
誰	歲（歲數或年紀）

4 有「ㄴ」的會話

· 配合線上音檔，大聲唸就記得住喔！

❶ 

慢慢唸
不要急

하나 둘 셋.
ha . na . tur . set

1 2 3開始！
（或拉、推等）

❷ 

跟老師
一起唸

하나 둘 셋.
哈 . 娜. 兔耳 . 誰的

1 2 3開始！
（或拉、推等）

❸ 

跟韓國人
大聲說

하나 둘 셋. 

ㄷ [t/d]

track 14

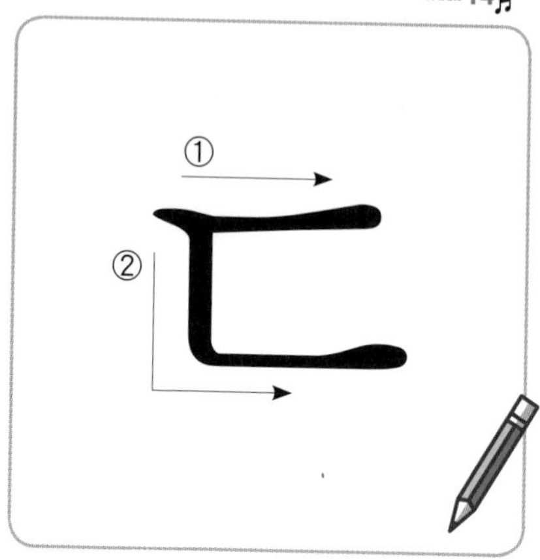

很像注音「ㄊ／ㄉ」。把舌尖放在上齒齦後面，把氣流擋住，然後再慢慢地把舌頭縮回，讓氣流往外送出，並發出聲音。在字首發「t」，其它發「d」。

1 「ㄷ」的發音

· 注意聽標準腔調，老師會唸 3 次

跟中文的「德」相似 ➔ ㄷ [d] ▶ ㄷ [d] ▶ ㄷ [d]

2 練習寫寫看

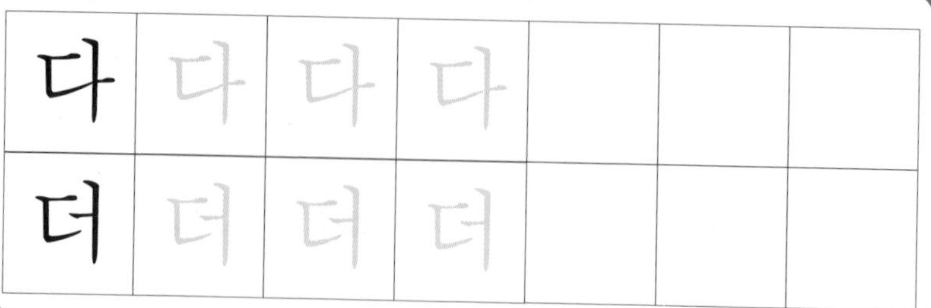

3 有「ㄷ」的單字

·跟著老師慢慢唸

eo . di	ku . du
 어디	구두
喔 . 低	苦 . 讀
哪裡	**鞋子**

4 有「ㄷ」的會話

·配合線上音檔，大聲唸就記得住喔！

❶ 

慢慢唸
不要急

맛있다.
ma . sit . da

好吃！

❷ 

跟老師
一起唸

맛있다.
馬 . 西 . 打

好吃！

❸ 

跟韓國人
大聲說

맛있다.

track 15

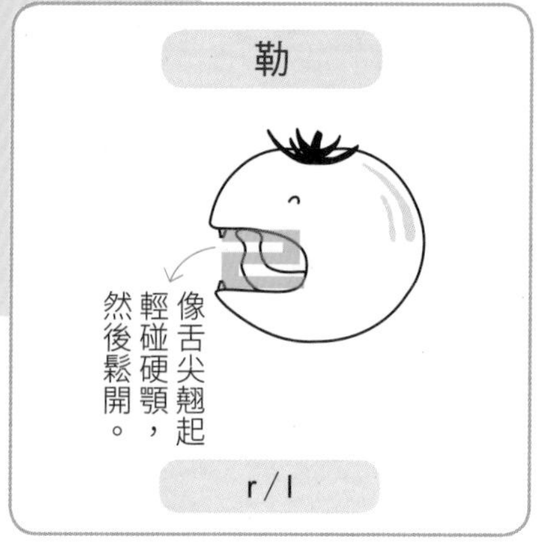

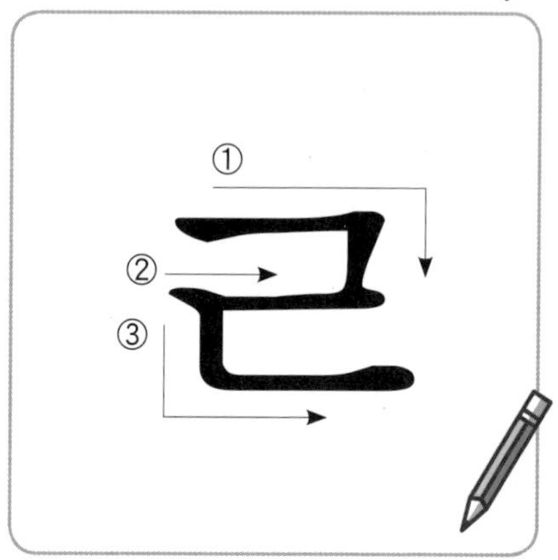

很像注音「ㄦ／ㄌ」。舌尖翹起來輕輕碰硬顎，然後鬆開，使氣流通過口腔發聲。氣流通過舌尖時，舌尖要輕輕彈一下。在母音前標示「r」，收尾音標示「l」。

1 「ㄹ」的發音

·注意聽標準腔調，老師會唸 3 次

跟中文的「勒」相似 ➔ ㄹ [l] ▶ ㄹ [l] ▶ ㄹ [l]

2 練習寫寫看

3 有「ㄹ」的單字

· 跟著老師慢慢唸

na . ra	u . ri

娜 . 拉	屋 . 李
國家	**我們**

4 有「ㄹ」的會話

· 配合線上音檔，大聲唸就記得住喔！

❶ 

慢慢唸
不要急

한국말을 몰라요.
han.kuk.ma.lul.mo.la.yo

我不會說韓語。

❷ 

跟老師
一起唸

한국말을 몰라요.
憨.哭.罵.了.莫.拉.油

我不會說韓語。

❸ 

跟韓國人
大聲說

한국말을 몰라요.

[m]

track 16

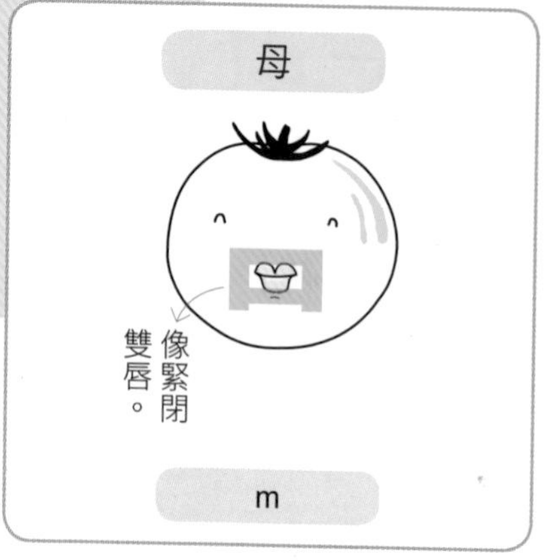

很像注音「ㄇ」。緊緊地閉住雙唇，把氣流擋住，讓氣流從鼻腔中跑出來，同時雙唇張開，振動聲帶發聲。

1 「ㅁ」的發音

· 注意聽標準腔調，老師會唸 3 次

跟中文的「母」相似 ➔ ㅁ [m] ▶ ㅁ [m] ▶ ㅁ [m]

2 練習寫寫看

마	마	마	마			
머	머	머	머			

3 有「ㅁ」的單字

· 跟著老師慢慢唸

meo . ri	mo . gi
머리	모기
末 . 李	某 . 給
頭	蚊子

4 有「ㅁ」的會話

· 配合線上音檔，大聲唸就記得住喔！

❶ 

慢慢唸
不要急

장난치지마!
chang.nan.chi.ji.ma

不要鬧了！

❷ 

跟老師
一起唸

장난치지마!
張 . 難 . 氣 . 奇 . 馬

不要鬧了！

❸ 

跟韓國人
大聲說

장난치지마!

ㅂ [p/b]

track 17

很像注音「ㄆ／ㄅ」。閉緊雙唇，把氣流擋住，然後在張開嘴巴的同時，把嘴巴裡面的氣流往外送出，並發出聲音。在字首發「p」，其它發「b」。

1 「ㅂ」的發音

· 注意聽標準腔調，老師會唸 3 次

跟中文的「波／伯」相似 ➔ ㅂ [b] ▶ ㅂ [b] ▶ ㅂ [b]

2 練習寫寫看

바	바	바	바			
버	버	버	버			

3 有「ㅂ」的單字

·跟著老師慢慢唸

pa . bo	pi
바보	비
爬．普	皮
傻瓜、笨蛋	雨

4 有「ㅂ」的會話

·配合線上音檔，大聲唸就記得住喔！

❶ 

慢慢唸
不要急

바보같애.
pa . bo . ka . te

真蠢呀！

❷ 

跟老師
一起唸

바보같애.
爬．普．咖．特

真蠢呀！

❸ 

跟韓國人
大聲說

바보같애.

ㅅ [s]

track 18

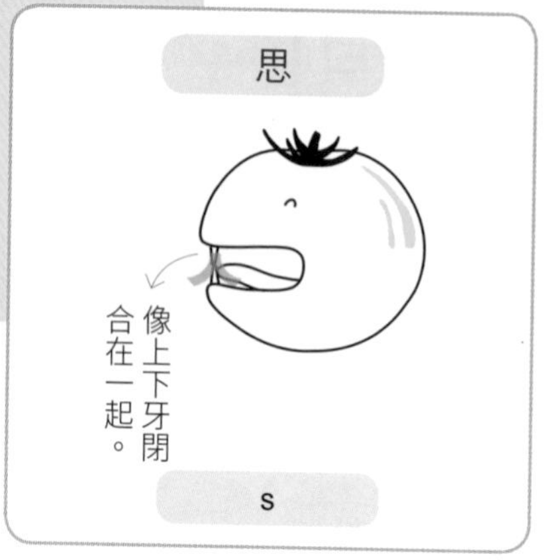

很像注音「ㄙ」。舌尖抵住下齒背，前舌面接近硬齶，使氣流從前舌面跟硬齶中間的隙縫摩擦而出。

1 「ㅅ」的發音

· 注意聽標準腔調，老師會唸 3 次

跟中文的「思」相似

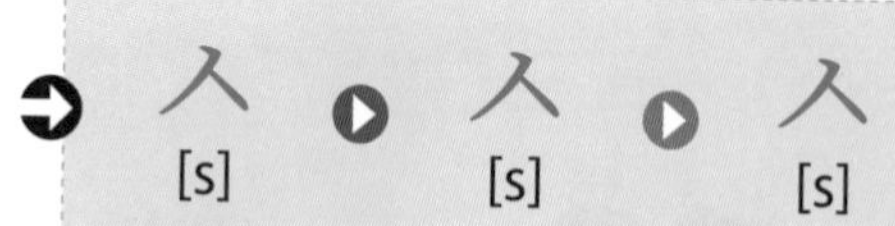

2 練習寫寫看

사	사	사	사			
서	서	서	서			

3 有「ㅅ」的單字

· 跟著老師慢慢唸

to . si	pi . seo
도시	비서
土 . 細	皮 . 瘦
都市	秘書

4 有「ㅅ」的會話

· 配合線上音檔，大聲唸就記得住喔！

❶ 

慢慢唸
不要急

사랑해요. 我愛你！
sa . rang . he . yo

❷ 

跟老師
一起唸

사랑해요. 我愛你！
莎 . 郎 . 黑 . 油

❸ 

跟韓國人
大聲說

사랑해요.

ㅇ [不發音/ng]

track 19

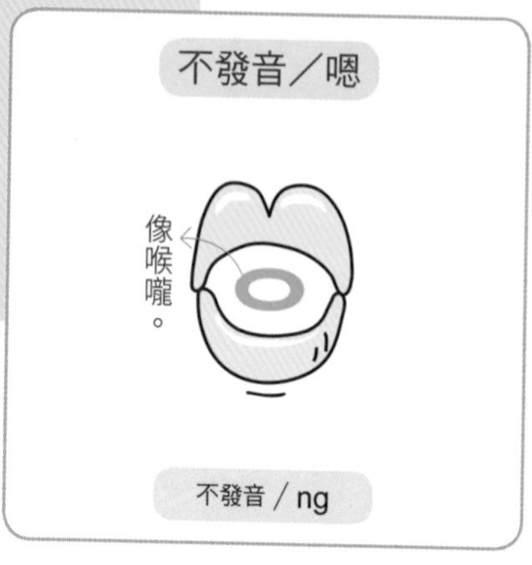

「ㅇ」很特別，在母音前面、首音位置時是不發音的，它只是為了讓字形看起來整齊美觀，拿來裝飾用的。只有在母音後面，作為韻尾的時候才發音為 [ng]。

1 「ㅇ」的發音

．注意聽標準腔調，老師會唸 3 次

跟中文的「不發音／嗯」相似

ㅇ [ng] ▶ ㅇ [ng] ▶ ㅇ [ng]

2 練習寫寫看

3 有「ㅇ」的單字

・跟著老師慢慢唸

yeo . gi	a . gi
여기	아기
有 . 給	阿 . 給
這裡	嬰孩

4 有「ㅇ」的會話

・配合線上音檔，大聲唸就記得住喔！

❶ 

慢慢唸
不要急

잘 지내세요?
char . chi . ne . se . yo

你好嗎？

❷ 

跟老師
一起唸

잘 지내세요?
茶 . 奇 . 內 . 誰 . 喲

你好嗎？

❸ 

跟韓國人
大聲說

잘 지내세요? 

ㅈ [ch/j]

track 20

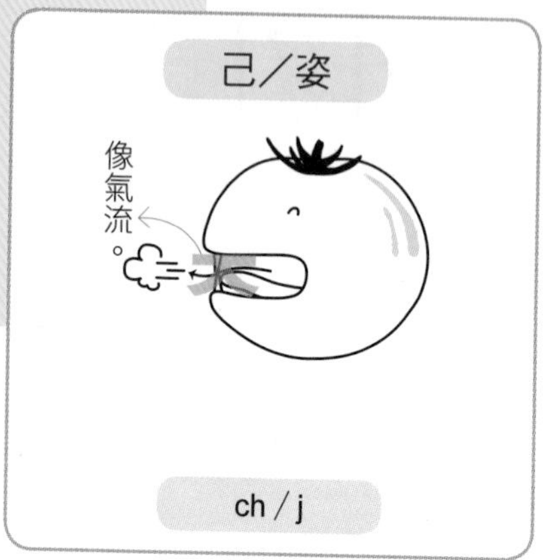

很像注音「ㄘ／ㄗ」。舌尖抵住下齒齦，前舌面向上接觸硬齶，把氣流擋住，在鬆開的瞬間後舌面向上隆起，使氣流從中間的隙縫摩擦而出。在字首發「ch」，其它發「j」。

1 「ㅈ」的發音

· 注意聽標準腔調，老師會唸 3 次

跟中文的「ㄐ／姿」相似 ➔ ㅈ [j] ▶ ㅈ [j] ▶ ㅈ [j]

2 練習寫寫看

자	자	자	자			
저	저	저	저			

3 有「ㅈ」的單字

· 跟著老師慢慢唸

chu . so	chi . gu
주소	지구
阻 . 嫂	奇 . 姑
地址	**地球**

4 有「ㅈ」的會話

· 配合線上音檔，大聲唸就記得住喔！

❶ 

慢慢唸
不要急

또 만나자.
tto . man . na . cha

下次再見！

❷ 

跟老師
一起唸

또 만나자.
都 . 滿 . 娜 . 恰

下次再見！

❸ 

跟韓國人
大聲說

또 만나자. 

[h]

track 21

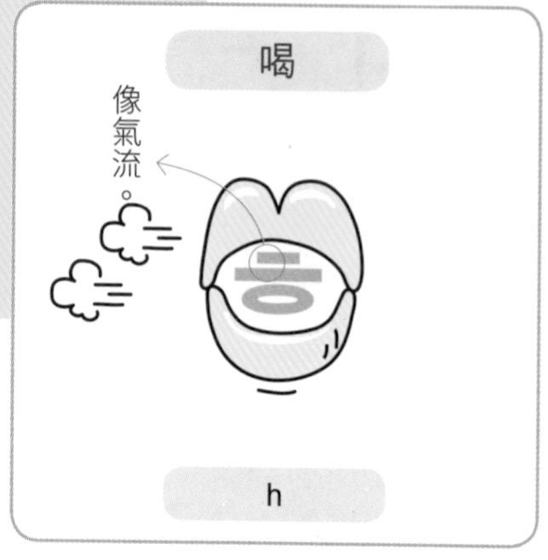

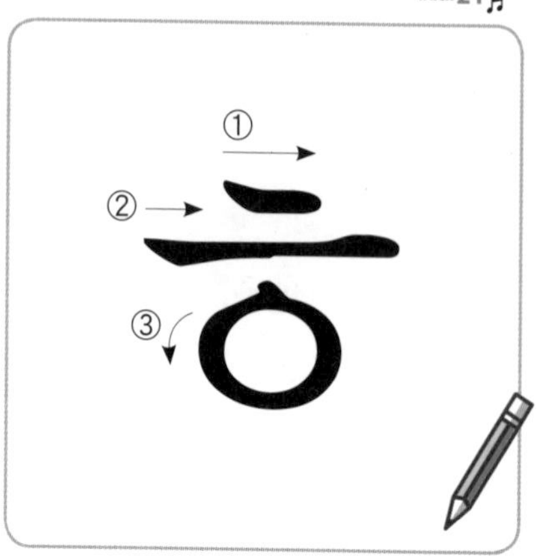

很像注音「ㄏ」。使氣流從聲門摩擦而出來發音。要用力把氣送出。

1 「ㅎ」的發音

· 注意聽標準腔調，老師會唸 3 次

跟中文的「喝」相似

ㅎ [h] ▶ ㅎ [h] ▶ ㅎ [h]

2 練習寫寫看

하	하	하	하			
허	허	허	허			

3 有「ㅎ」的單字

· 跟著老師慢慢唸

hyu . ji	hyeo
	혀
休．幾	喝有
面紙、衛生紙	舌頭

4 有「ㅎ」的會話

· 配合線上音檔，大聲唸就記得住喔！

❶ 

慢慢唸
不要急

하지마(요).
ha . ji . ma . (yo)

住手；
不要（啦）！

❷ 

跟老師
一起唸

하지마(요).
哈．幾．馬．(油)

住手；
不要（啦）！

❸ 

跟韓國人
大聲說

하지마(요).

問題練習 2
Practice

❶ 寫寫看

가구	가	구								
나라	나	라								
모기	모	기								
구두	구	두								

❷ 翻譯練習（中文翻成韓文）

1. **傻瓜、笨蛋** ____________
2. **都市** ____________
3. **秘書** ____________
4. **誰** ____________

❸ 跟老師念念看

Track 22

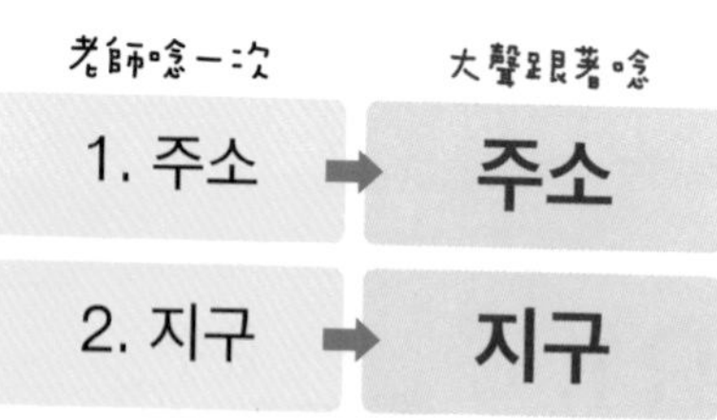

老師唸一次　大聲跟著唸

3. 휴지 → **휴지**

4 .혀 → **혀**

❹ 聽寫練習

Track 22

1. ____________
2. ____________
3. ____________
4. ____________
5. ____________
6. ____________
7. ____________
8. ____________

韓語
40音
3
子音之2
（送氣音）

track 23

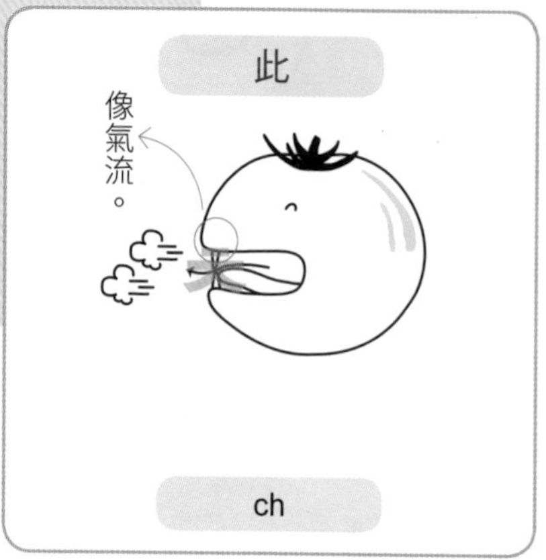

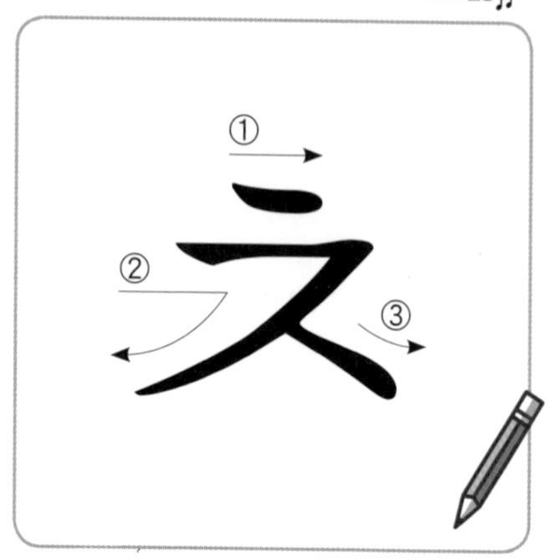

很像注音「ㄘ／ㄑ」。發音方法跟「ㅈ」一樣，只是發「ㅊ」時要加強送氣。

1 「ㅊ」的發音

· 注意聽標準腔調，老師會唸 3 次

跟中文的「此」相似 ➔ ㅊ [ch] ▶ ㅊ [ch] ▶ ㅊ [ch]

2 練習寫寫看

차	차	차	차			
초	초	초	초			

3 有「ㅊ」的單字

·跟著老師慢慢唸

cha	ko . chu
  차	 고추
擦	姑 . 醋
茶、車子	**辣椒**

4 有「ㅊ」的會話

·配合線上音檔，大聲唸就記得住喔！

❶ 

慢慢唸
不要急

아차!
a . cha

啊呀！

❷ 

跟老師
一起唸

아차!
阿 . 擦

啊呀！

❸ 

跟韓國人
大聲說

아차!

ㅋ [k]

track 24

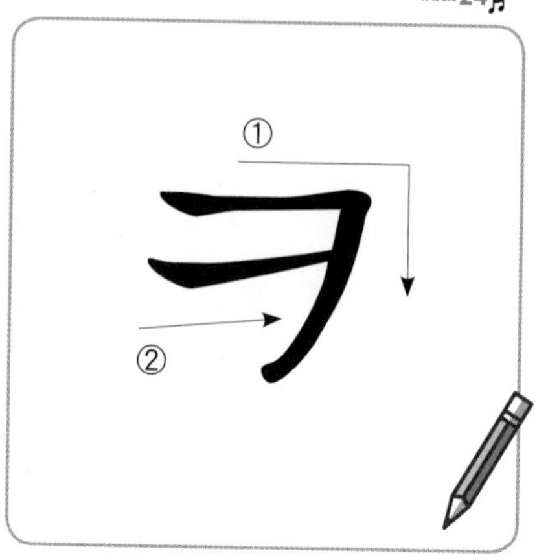

很像注音「ㄎ」。發音方法跟「ㄱ」一樣，只是發「ㅋ」時要加強送氣。

1 「ㅋ」的發音

· 注意聽標準腔調，老師會唸 3 次

跟中文的「棵」相似 ➔ ㅋ [k] ▶ ㅋ [k] ▶ ㅋ [k]

2 練習寫寫看

카	카	카	카			
코	코	코	코			

3 有「ㅋ」的單字

· 跟著老師慢慢唸

ku . ki	ka . deu
쿠키	카드
酷．渴意	卡．的
餅乾	卡片

4 有「ㅋ」的會話

· 配合線上音檔，大聲唸就記得住喔！

慢慢唸
不要急

티머니카드 좀 주세요.
ti.meo.ni.ka.deu.jom.ju.se.yo

請給我一個
T-money交通卡。

跟老師
一起唸

티머니카드 좀 주세요.
提．末．妮．卡．都．從．阻．雖．喲

請給我一個
T-money交通卡。

跟韓國人
大聲說

티머니카드 좀 주세요.

ㅌ [t]

track 25

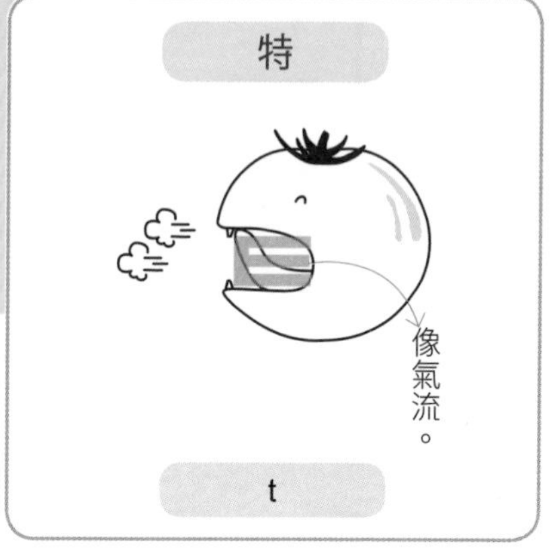

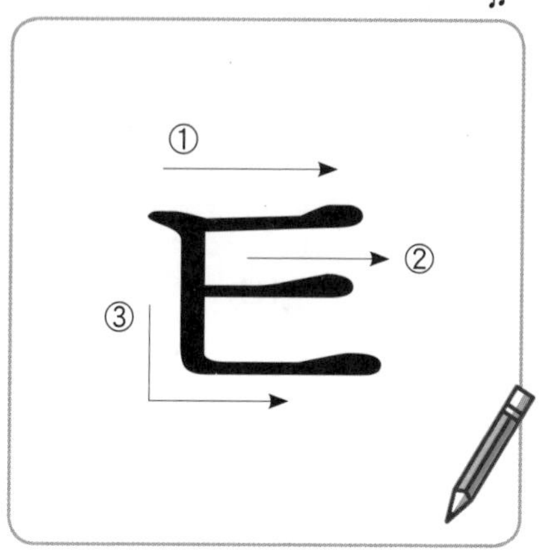

很像注音「ㄊ」。發音方法跟「ㄷ」一樣，只是發「ㅌ」時要加強送氣。

1 「ㅌ」的發音

・注意聽標準腔調，老師會唸 3 次

跟中文的「特」相似 ➔ ㅌ [t] ▶ ㅌ [t] ▶ ㅌ [t]

2 練習寫寫看

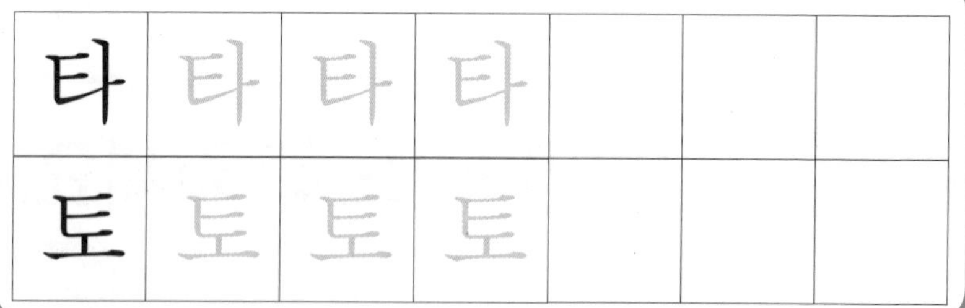

타	타	타	타			
토	토	토	토			

3 有「ㅌ」的單字

・跟著老師慢慢唸

ti . syeo . cheu	ko . teu
티셔츠	코트
提．秀．恥	扣．特
T恤	大衣

4 有「ㅌ」的會話

・配合線上音檔，大聲唸就記得住喔！

❶ 

慢慢唸
不要急

스타일이 좋다. 很有型！

seu .ta . i . ri . chot .ta

❷ 

跟老師
一起唸

스타일이 좋다. 很有型！

司．她．憶．立．糗．他

❸ 

跟韓國人
大聲說

스타일이 좋다. 

track 26

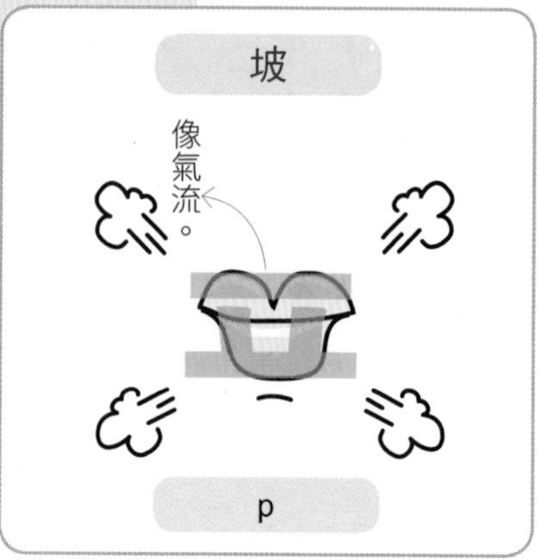

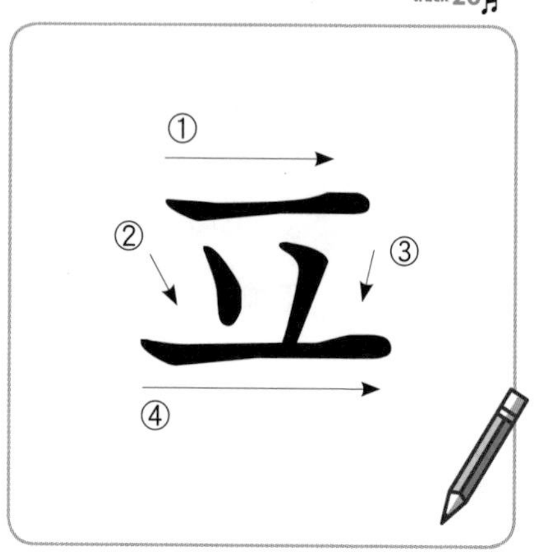

很像注音「ㄆ」。發音方法跟「ㅂ」一樣，只是發「ㅍ」時要加強送氣。

1 「ㅍ」的發音

· 注意聽標準腔調，老師會唸 3 次

跟中文的「坡」相似 ➔ ㅍ [p] ▶ ㅍ [p] ▶ ㅍ [p]

2 練習寫寫看

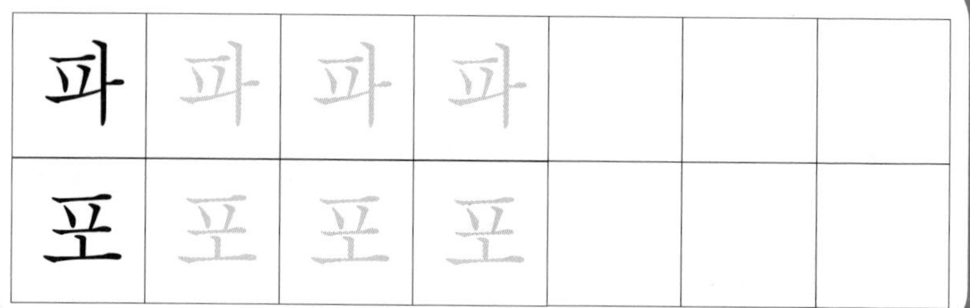

3 有「ㅍ」的單字

· 跟著老師慢慢唸

keo . pi	u . pyo
커피	우표
口 . 匹	屋 . 票
咖啡	郵票

4 有「ㅍ」的會話

· 配合線上音檔，大聲唸就記得住喔！

慢慢唸
不要急

배고파.
bae . go . pa

肚子餓了！

跟老師
一起唸

배고파.
配 . 勾 . 怕

肚子餓了！

跟韓國人
大聲說

배고파.

問題練習 3
Practice

❶ 寫寫看

쿠키	쿠	키								
코트	코	트								
고추	고	추								
커피	커	피								

❷ 翻譯練習（中文翻成韓文）

1. 茶、車子 ______________
2. 餅乾 ______________
3. 卡片 ______________
4. T恤 ______________

❸ 跟老師念念看

Track 27

老師唸一次		大聲跟著唸
1. 코트	➡	코트
2. 커피	➡	커피
3. 고추	➡	고추
4. 우표	➡	우표

❹ 聽寫練習

Track 27

1. ______________
2. ______________
3. ______________
4. ______________
5. ______________
6. ______________
7. ______________
8. ______________

韓語
40音
4
子音之3
（硬音）

ㄲ [kk]

track 28

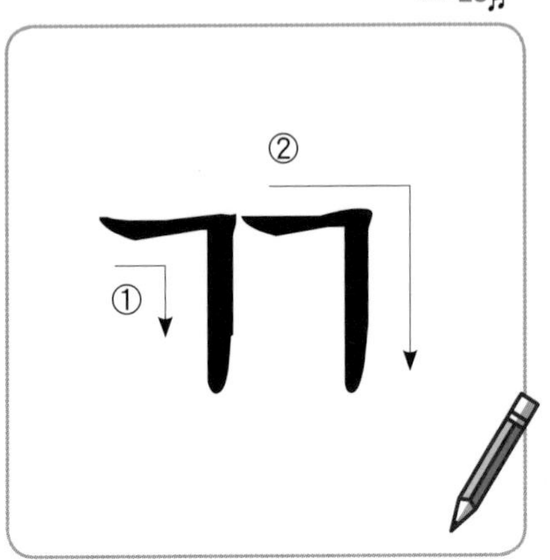

很像用力唸注音「ㄍ ㄜˋ」。與「ㄱ」的發音基本相同，只是要用力唸。發音時必須使發音器官先緊張起來，讓氣流在喉腔受阻，然後衝破聲門，發生擠喉現象。

1 「ㄲ」的發音

·注意聽標準腔調，老師會唸 3 次

跟中文的「哥」相似 ➔ ㄲ [kk] ▶ ㄲ [kk] ▶ ㄲ [kk]

2 練習寫寫看

까	까	까	까			
꼬	꼬	꼬	꼬			

3 有「ㄲ」的單字

· 跟著老師慢慢唸

kko . ma	a . kka
꼬마	아까
姑．馬	阿．嘎
小不點	剛才

4 有「ㄲ」的會話

· 配合線上音檔，大聲唸就記得住喔！

❶ 慢慢唸 不要急

바쁘십니까?
ba . bbeu . sim . ni . kka

忙嗎？

❷ 跟老師 一起唸

바쁘십니까?
爬．不．新．你．嘎

忙嗎？

❸ 跟韓國人 大聲說

바쁘십니까?

ㄸ [tt]

track 29

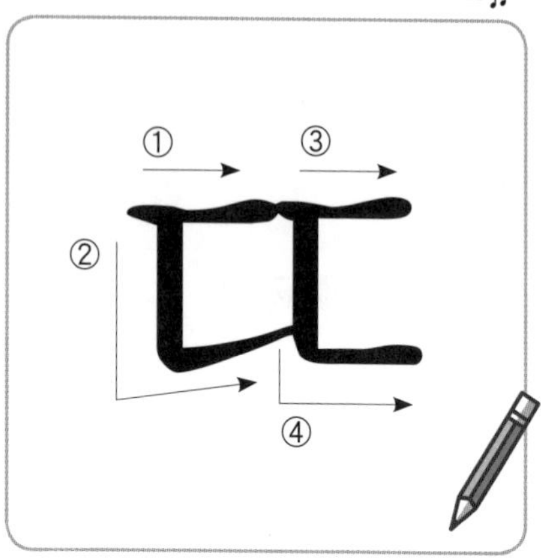

很像用力唸注音「ㄉ ㄝ」。與「ㄷ」基本相同，只是要用力唸。發音時必須使發音器官先緊張起來，讓氣流在喉腔受阻，然後衝破聲門，發生擠喉現象。

1 「ㄸ」的發音

‧注意聽標準腔調，老師會唸 3 次

跟中文的「德」相似 ➜ ㄸ [tt] ▶ ㄸ [tt] ▶ ㄸ [tt]

2 練習寫寫看

따	따	따	따			
또	또	또	또			

3 有「ㄸ」的單字

· 跟著老師慢慢唸

tto	tteo . na . da
또	떠나다
豆	都 . 娜 . 打
那麼、又	**離開**

4 有「ㄸ」的會話

· 配合線上音檔，大聲唸就記得住喔！

❶ 

慢慢唸
不要急

떠들지 말아요!
tteo . deur . ji . ma . ra . yo

別吵了！

❷ 

跟老師
一起唸

떠들지 말아요!
搭 . 的 . 雞 . 罵 . 拉 . 喲

別吵了！

❸ 

跟韓國人
大聲說

떠들지 말아요!

ㅃ [pp]

track 30

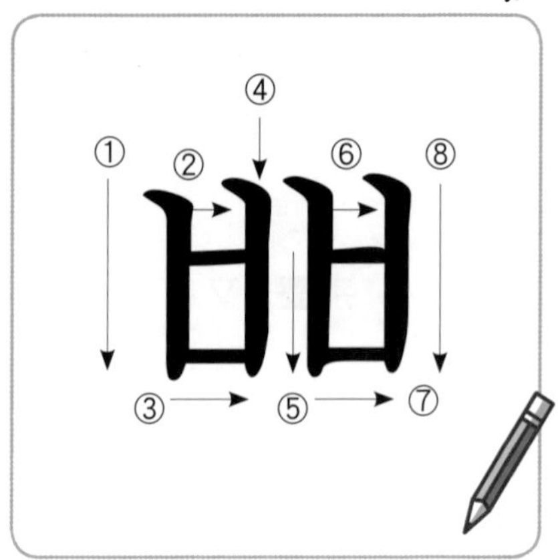

很像用力唸注音「ㄅ ˋ」。與「ㅂ」基本相同，只是要用力唸。發音時必須使發音器官先緊張起來，讓氣流在喉腔受阻，然後衝破聲門，發生擠喉現象。

1 「ㅃ」的發音

· 注意聽標準腔調，老師會唸 3 次

跟中文的「伯」相似 ➔ ㅃ [pp] ▶ ㅃ [pp] ▶ ㅃ [pp]

2 練習寫寫看

3 有「ㅃ」的單字

· 跟著老師慢慢唸

o . ppa	ppyam

喔 . 爸	飄鴨
哥哥	**臉頰**

4 有「ㅃ」的會話

· 配合線上音檔，大聲唸就記得住喔！

❶ 

慢慢唸
不要急

오빠, 사랑해요.
o . ppa .sa . rang . hae . yo

哥哥，
我愛你！

❷ 

跟老師
一起唸

오빠, 사랑해요.
喔 . 爸 . 莎 . 郎 . 黑 . 油

哥哥，
我愛你！

❸ 

跟韓國人
大聲說

오빠, 사랑해요.

[ss]

track 31

很像用力唸注音「ㄙ ㄟ」。與「ㅅ」基本相同，只是要用力唸。發音時必須使發音器官先緊張起來，讓氣流在喉腔受阻，然後衝破聲門，發生擠喉現象。

1 「ㅆ」的發音

· 注意聽標準腔調，老師會唸 3 次

跟中文的「思」相似 ➔ ㅆ [ss] ▶ ㅆ [ss] ▶ ㅆ [ss]

2 練習寫寫看

싸	싸	싸	싸			
쏘	쏘	쏘	쏘			

3 有「ㅆ」的單字

·跟著老師慢慢唸

ssa . u . da	sso . da
싸우다	쏘다
沙．屋．打	受．打
打架	射、擊

4 有「ㅆ」的會話

·配合線上音檔，大聲唸就記得住喔！

❶ 慢慢唸 不要急

싸우지 마!
ssa . u . ji . ma

別打了！

❷ 跟老師 一起唸

싸우지 마!
沙．屋．騎．馬

別打了！

❸ 跟韓國人 大聲說

싸우지 마!

ㅉ [cch]

track 32

很像用力唸注音「ㄗ ˋ」。與「ㅈ」基本相同，只是要用力唸。發音時必須使發音器官先緊張起來，讓氣流在喉腔受阻，然後衝破聲門，發生擠喉現象。

1 「ㅉ」的發音

· 注意聽標準腔調，老師會唸 3 次

跟中文的「姿」相似 ➔ ㅉ [cch] ▶ ㅉ [cch] ▶ ㅉ [cch]

2 練習寫寫看

짜	짜	짜	짜			
쪼	쪼	쪼	쪼			

3 有「ㅉ」的單字 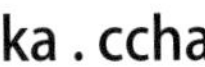

· 跟著老師慢慢唸

ka . ccha	ccha . da
가짜	짜다
卡 . 恰	渣 . 打
騙的	**鹹的**

4 有「ㅉ」的會話

· 配合線上音檔，大聲唸就記得住喔！

❶ 

慢慢唸
不要急

진짜?
chin . ccha

真的嗎？

❷ 

跟老師
一起唸

진짜?
親 . 渣

真的嗎？

❸ 

跟韓國人
大聲說

진짜?

問題練習 4
Practice

❶ 寫寫看

아까	아	까								
꼬마	꼬	마								
짜다	짜	다								
떠나다	떠	나	다							

❷ 翻譯練習（中文翻成韓文）

1. 那麼 ______________
2. 剛才 ______________
3. 哥哥 ______________
4. 離開 ______________

❸ 跟老師念念看

Track 33

老師唸一次		大聲跟著唸
1. 싸우다	➡	싸우다
2. 가짜	➡	가짜
3. 쏘다	➡	쏘다
4. 꼬마	➡	꼬마

❹ 聽寫練習

Track 33

1. ______________
2. ______________
3. ______________
4. ______________
5. ______________
6. ______________
7. ______________
8. ______________

韓語
40音
5
複合母音

[ae]

track 34

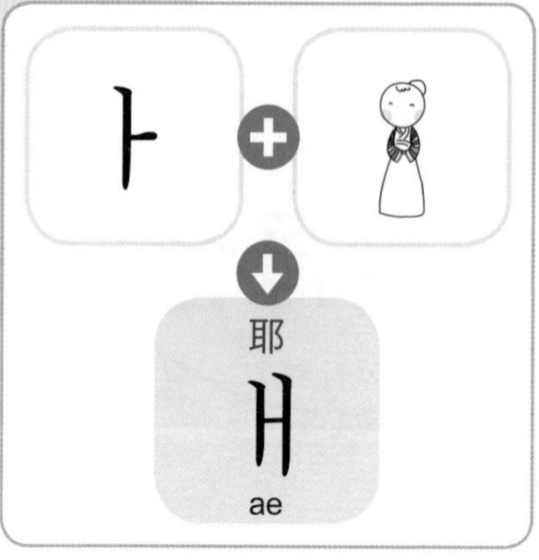

是由「ㅏ [a] + ㅣ [i]」組合而成的。很像注音「ㄟ」。嘴巴張開，但比「ㅏ」小一點，前舌面隆起靠近硬顎，雙唇向兩邊拉緊。

1 「ㅐ」的發音

· 注意聽標準腔調，老師會唸 3 次

跟中文的「耶」相似 → ㅐ [ae] ▶ ㅐ [ae] ▶ ㅐ [ae]

2 練習寫寫看

애	애	애	애			

3 有「ㅐ」的單字

· 跟著老師慢慢唸

hae	sae
해	새
黑	誰
太陽	鳥

4 有「ㅐ」的會話

· 配合線上音檔，大聲唸就記得住喔！

❶ 

慢慢唸
不要急

독해요？
do . khae . yo

（酒精度數）
很高嗎？

❷ 

跟老師
一起唸

독해요？
吐 . 給 . 喲

（酒精度數）
很高嗎？

❸ 

跟韓國人
大聲說

독해요?

ㅒ [yae]

track 35

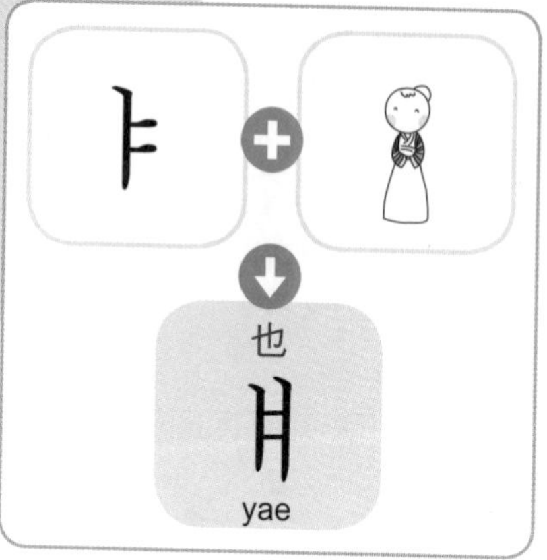

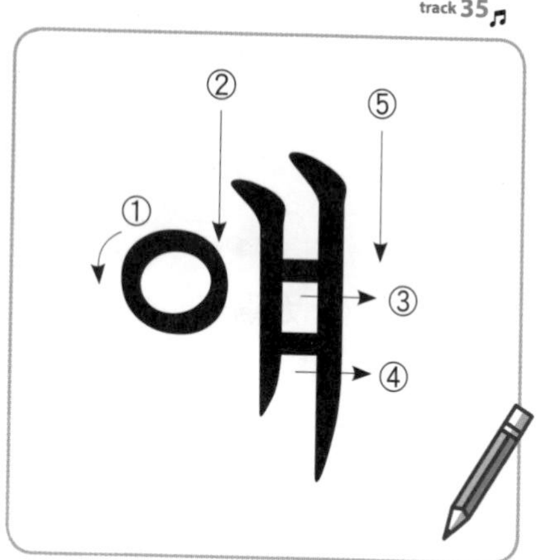

是由「ㅑ [ya] + ㅣ [i]」組合而成的。很像注音「一ㄟ」。發音訣竅是，先發「ㅣ」，然後快速滑向「ㅐ」，就成「ㅒ」音囉！

1 「ㅒ」的發音

· 注意聽標準腔調，老師會唸 3 次

跟中文的「也」相似 ➔ ㅒ [yae] ▶ ㅒ [yae] ▶ ㅒ [yae]

2 練習寫寫看

3 有「ㅒ」的單字

· 跟著老師慢慢唸

yae	kae
얘	걔
也	幾也
這個人（孩子）	那個人（孩子）

4 有「ㅒ」的會話

· 配合線上音檔，大聲唸就記得住喔！

❶ 

慢慢唸
不要急

좀 더 얘기해 줘요! 請繼續說！
chom.deo.yae.ki.hae.chwo.yo

❷ 

跟老師
一起唸

좀 더 얘기해 줘요! 請繼續說！
窮 . 透 . 也 . 給 . 黑 . 酒 . 油

❸ 

跟韓國人
大聲說

좀 더 얘기해 줘요!

ㅔ [e]

track 36

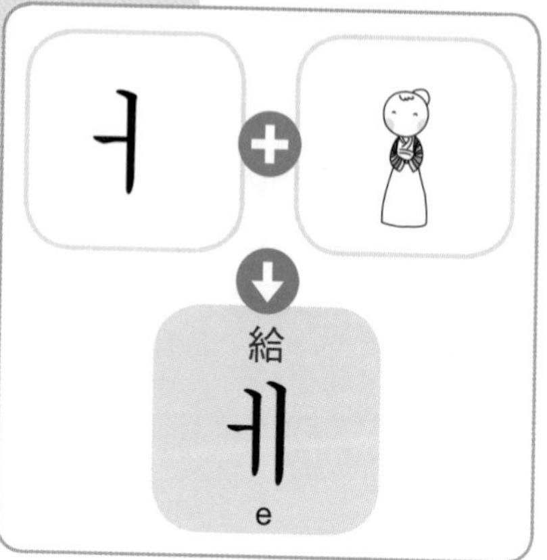

是由「ㅓ [eo] ＋ ㅣ [i]」組合而成的。很像注音「ㄝ」。口形要比「ㅐ [ae]」小一些，嘴巴不要張得太大，前舌面比發「ㅐ」音隆起一些。

1 「ㅔ」的發音

．注意聽標準腔調，老師會唸 3 次

跟中文的「給」相似

2 練習寫寫看

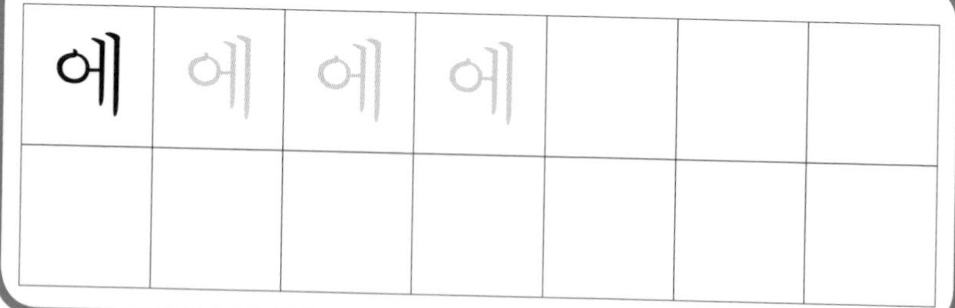

3 有「ㅔ」的單字 

· 跟著老師慢慢唸

me . nyu	ke
메뉴	게
梅 . 牛	可黑
菜單	螃蟹

4 有「ㅔ」的會話

· 配合線上音檔，大聲唸就記得住喔！

❶ 
慢慢唸
不要急

한국에 가자.
hang . gu . ke . ka . cha

去韓國吧！

❷ 
跟老師
一起唸

한국에 가자.
憨 . 庫 . 給 . 卡 . 恰

去韓國吧！

❸ 
跟韓國人
大聲說

한국에 가자. 

ㅖ [ye]

track 37

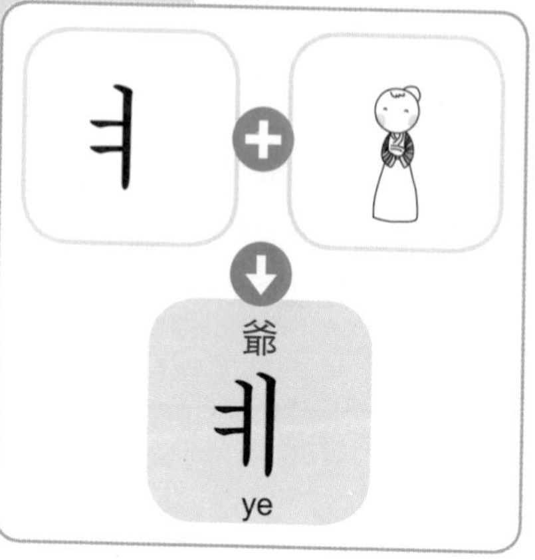

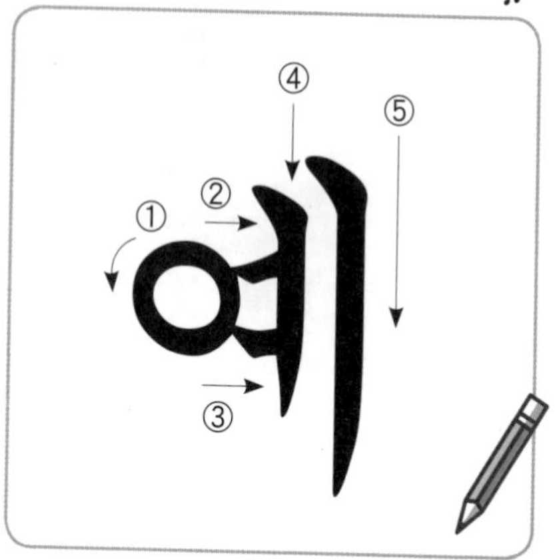

是由「ㅕ [yeo] + ㅣ [i]」組合而成的。很像注音「一せ」。發音訣竅是，先發「ㅣ」，然後快速滑向「ㅔ [e]」，就成「ㅖ」音囉！

1 「ㅖ」的發音

· 注意聽標準腔調，老師會唸 3 次

跟中文的「爺」相似

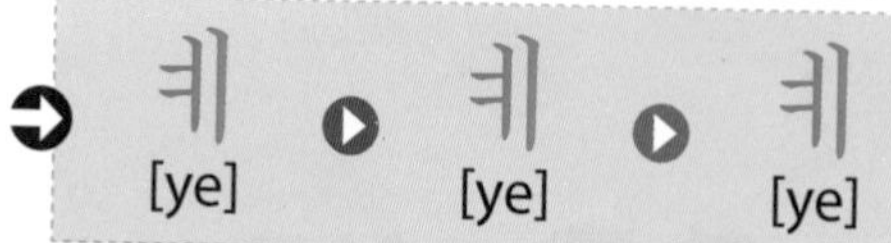

2 練習寫寫看

3 有「ㅖ」的單字 

· 跟著老師慢慢唸

ye . bae	si . ge
예배	시계
也．北	細．給
禮拜	時鐘

4 有「ㅖ」的會話

· 配合線上音檔，大聲唸就記得住喔！

❶ 

慢慢唸
不要急

이건 뭐예요?
i . geon . nwo . ye . yo

這是什麼？

❷ 

跟老師
一起唸

이건 뭐예요?
伊．幹．某．也．喲

這是什麼？

❸ 

跟韓國人
大聲說

이건 뭐예요? 

track 38

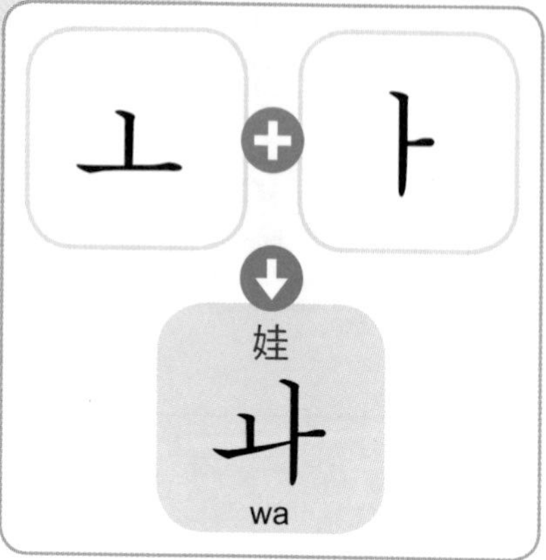

是由「ㅗ [o] + ㅏ [a]」組合而成的。很像注音「ㄨㄚ」。發音訣竅是，先發「ㅗ」，然後快速滑向「ㅏ」，就成「ㅘ」音囉！

1 「ㅘ」的發音

・注意聽標準腔調，老師會唸 3 次

跟中文的「娃」相似

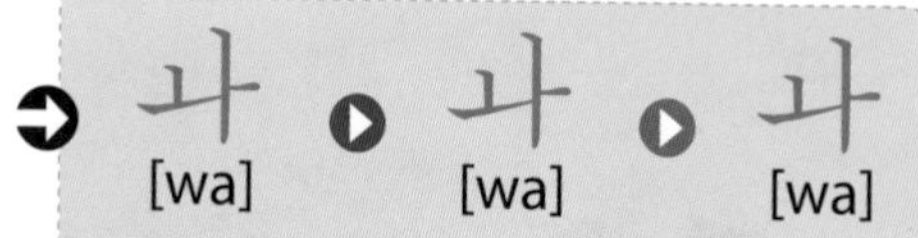

2 練習寫寫看

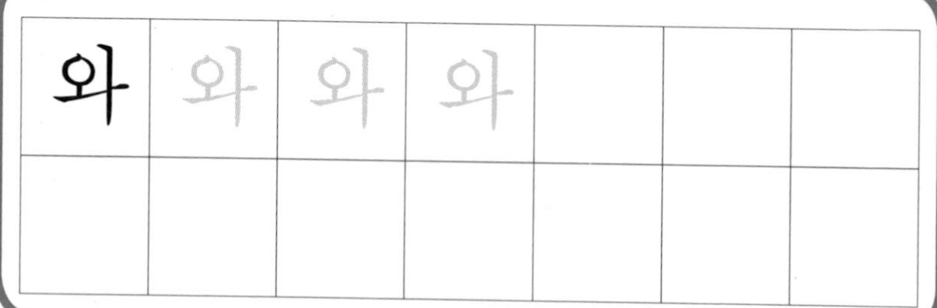

3 有「ㅘ」的單字

· 跟著老師慢慢唸

sa . gwa	kyo . gwa . seo
사과	교과서
傻 . 瓜	教 . 瓜 . 瘦
蘋果	教科書

4 有「ㅘ」的會話

· 配合線上音檔，大聲唸就記得住喔！

❶ 
慢慢唸
不要急

도와주세요!
to . wa .chu . se .yo

救命啊！

❷ 
跟老師
一起唸

도와주세요!
土 . 娃 . 阻 . 塞 . 油

救命啊！

❸ 
跟韓國人
大聲說

도와주세요! 

ㅙ [wae]

track 39

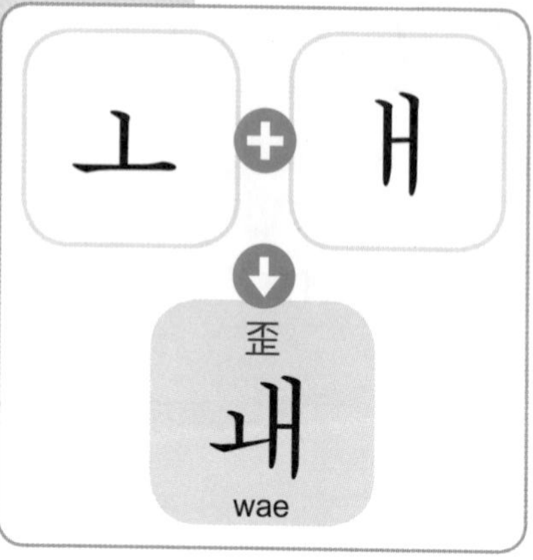

是由「ㅗ [o] ＋ ㅐ [ae]」組合而成的。很像注音「ㄛㄝ」。發音訣竅是，先發「ㅗ」，然後快速滑向「ㅐ」，就成「ㅙ」音囉！

1 「ㅙ」的發音

・注意聽標準腔調，老師會唸 3 次

跟中文的「歪」相似 ➜ ㅙ [wae] ▶ ㅙ [wae] ▶ ㅙ [wae]

2 練習寫寫看

3 有「ㅙ」的單字

· 跟著老師慢慢唸

yu . kwae	dwae . ji
유쾌	돼지
有 . 快	腿 . 祭
愉快	**豬**

4 有「ㅙ」的會話

· 配合線上音檔，大聲唸就記得住喔！

❶ 慢慢唸 不要急

왜요?
wae . yo

為什麼？

❷ 跟老師 一起唸

왜요?
為 . 油

為什麼？

❸ 跟韓國人 大聲說

왜요?

track 40

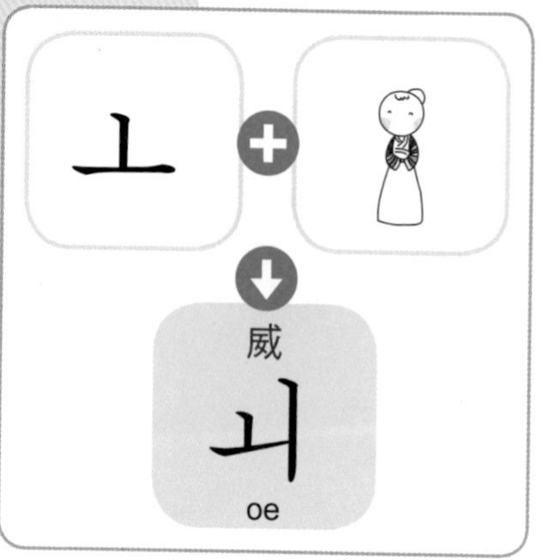

是由「ㅗ [o] ＋ㅣ [i]」組合而成的。很像注音「ㄨㄝ」。嘴巴大小還有舌位與「ㅔ [e]」相同。嘴巴稍微張開，舌面隆起接近軟齶，雙唇攏成圓形。訣竅是先不發音，把雙唇攏成圓形，然後從這個嘴型發出「ㅔ」的音，就很簡單啦！

1 「ㅚ」的發音

·注意聽標準腔調，老師會唸 3 次

跟中文的「威」相似 ➔ ㅚ [oe] ▶ ㅚ [oe] ▶ ㅚ [oe]

2 練習寫寫看

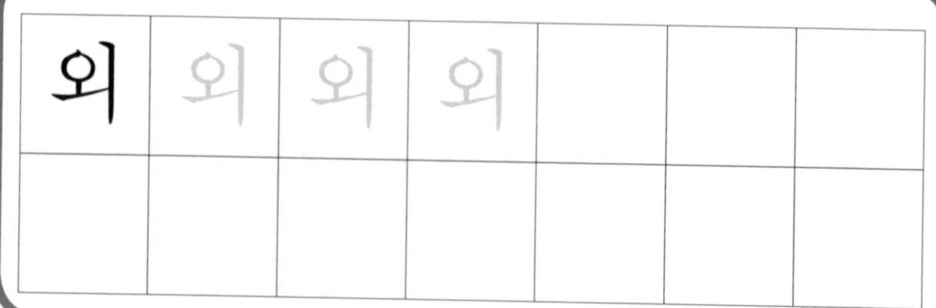

3 有「ㅚ」的單字

·跟著老師慢慢唸

hoe . sa	koe . mul
회사	괴물
會 . 莎	虧 . 母兒
公司	怪物

4 有「ㅚ」的會話

·配合線上音檔，大聲唸就記得住喔！

慢慢唸
不要急

외로워요.
oe . ro . wo . yo

好寂寞！

跟老師
一起唸

외로워요.
威 . 樓 . 我 . 油

好寂寞！

3

跟韓國人
大聲說

외로워요.

ㅝ [wo]

track 41

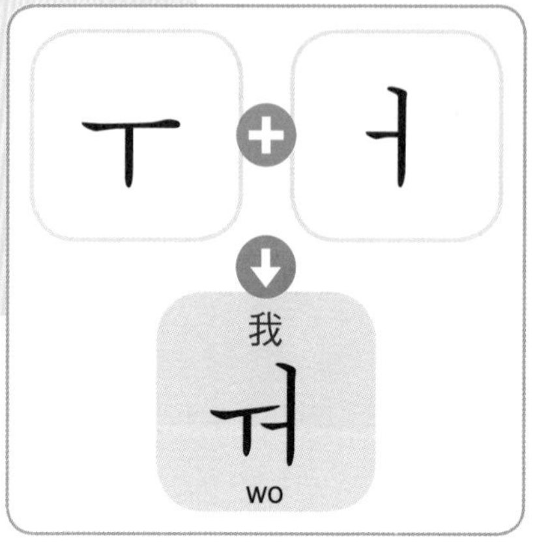

是由「ㅜ [u] ＋ ㅓ [eo]」組合而成的。很像注音「ㄨㄛ」。發音訣竅是，先發「ㅜ」，然後快速滑向「ㅓ」，就成「ㅝ」音囉！比發母音「ㅚ」時，舌面更向上隆起，雙唇攏成圓形，同時向外送氣發音。

1 「ㅝ」的發音

·注意聽標準腔調，老師會唸 3 次

跟中文的「我」相似

ㅝ [wo] ㅝ [wo] ㅝ [wo]

2 練習寫寫看

워	워	워	워			

3 有「ㅝ」的單字

· 跟著老師慢慢唸

won	mwo
원	뭐
旺	某
韓幣單位	**什麼**

4 有「ㅝ」的會話

· 配合線上音檔，大聲唸就記得住喔！

❶ 慢慢唸不要急

고마워(요).
ko . ma . wo . (yo)

感謝你（呀）！

❷ 跟老師一起唸

고마워(요).
姑 . 罵 . 我 . (油)

感謝你（呀）！

❸ 跟韓國人大聲說

고마워(요).

track 42

是由「ㅜ [u] ＋ㅔ [e]」組合而成的。很像注音「ㄨㄝ」。發音訣竅是，先發「ㅜ」，然後快速滑向「ㅔ」，就成「ㅞ」音囉！

1 「ㅞ」的發音

· 注意聽標準腔調，老師會唸 3 次

跟中文的「胃」相似 ➔ ㅞ [we] ▶ ㅞ [we] ▶ ㅞ [we]

2 練習寫寫看

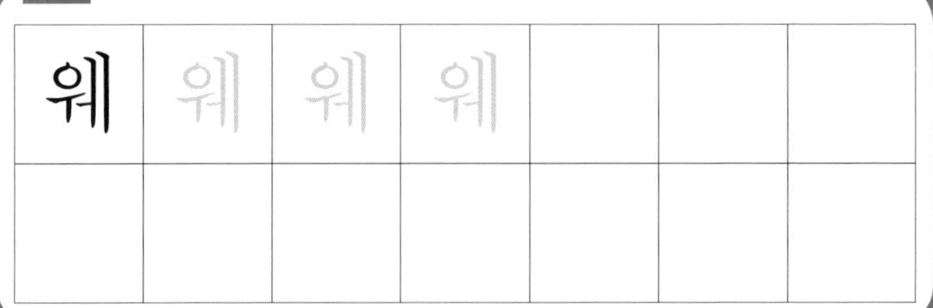

3 有「ㅞ」的單字

· 跟著老師慢慢唸

we . i . beu	we . i . teo
웨이브	웨이터
胃 . 衣 . 布	胃 . 衣 . 透
捲度（頭髮等）	**服務員（餐廳）**

4 有「ㅞ」的會話

· 配合線上音檔，大聲唸就記得住喔！

❶ 慢慢唸
不要急

스웨터，얼마예요?
seu.we.teo, eol.ma.ye.yo?

毛衣，
多少錢？

❷ 跟老師
一起唸

스웨터，얼마예요?
司 . 胃 . 透 . 二耳 . 馬 . 也 . 油

毛衣，
多少錢？

❸ 跟韓國人
大聲說

스웨터，얼마예요?

[wi]

track 43

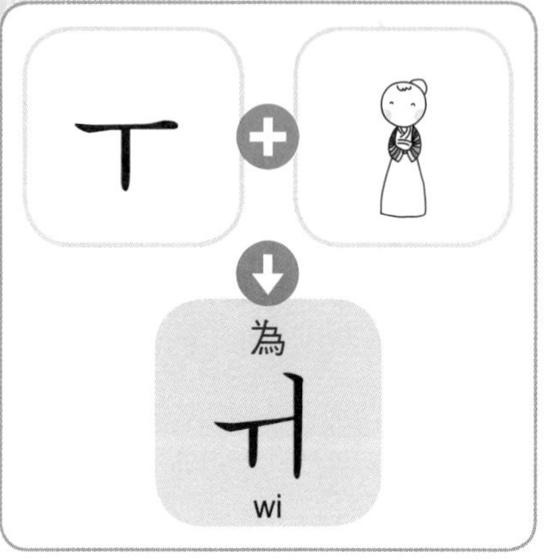

發音時，是由「ㅜ [u] ＋ㅣ [i]」組合而成的。很像注音「ㄩ」。嘴的張開度和舌頭的高度與「ㅣ」相近，但發「ㅟ」音時雙嘴唇要攏成圓形。

1 「ㅟ」的發音

· 注意聽標準腔調，老師會唸 3 次

跟中文的「為」相似

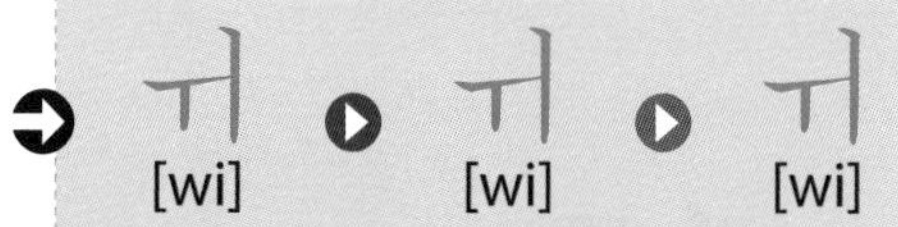

2 練習寫寫看

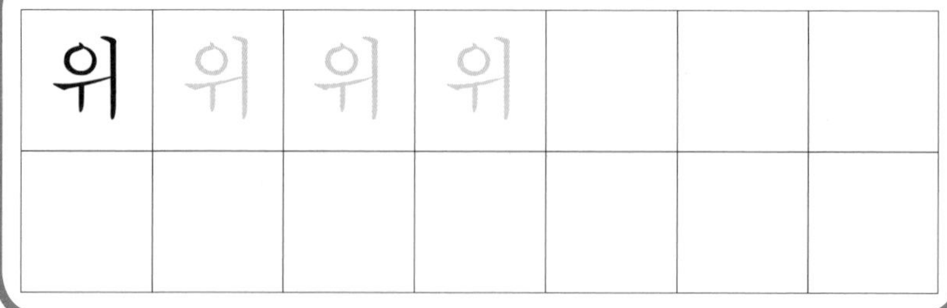

3 有「ㅟ」的單字

・跟著老師慢慢唸

 chwi . mi	kwi
 취미	귀
娶 . 米	桂
興趣	**耳朵**

4 有「ㅟ」的會話

・配合線上音檔，大聲唸就記得住喔！

❶ 

慢慢唸
不要急

가위 바위 보.
ka . wi . ba . wi . bo

剪刀、
石頭、布！

❷ 

跟老師
一起唸

가위 바위 보.
卡 . 為 . 爬 . 為 . 普

剪刀、
石頭、布！

❸ 

跟韓國人
大聲說

가위 바위 보. 

track 44

是由「ㅡ [eu] ＋ㅣ [i]」組合而成的。很像注音「ㄜㄧ」。發音訣竅是，先發「ㅡ」然後快速滑向「ㅣ」，就成「ㅢ」音。雙唇向左右拉開發音喔！

1 「ㅢ」的發音

· 注意聽標準腔調，老師會唸 3 次

跟中文的「喔衣」相似

2 練習寫寫看

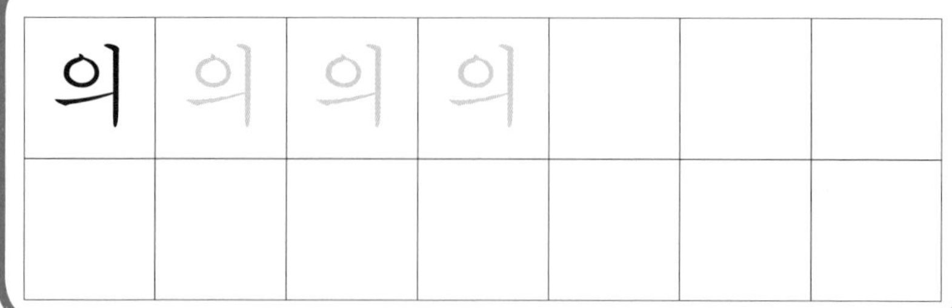

3 有「ㅢ」的單字 

· 跟著老師慢慢唸

ui . ja	ui . sa
의자	의사
烏衣 . 加	烏衣 . 莎
椅子	醫生

4 有「ㅢ」的會話

· 配合線上音檔，大聲唸就記得住喔！

❶ 

慢慢唸
不要急

의사를 불러 주세요.
ui.sa.reul.bul.leo.ju.se.yo
請叫醫生！

❷ 

跟老師
一起唸

의사를 불러 주세요.
烏衣.莎.日.普.拉.阻.誰.喲
請叫醫生！

❸ 

跟韓國人
大聲說

의사를 불러 주세요.

問題練習 5
Practice

❶ 寫寫看

개	개										
해	해										
게	게										
원	원										

❷ 翻譯練習（中文翻成韓文）

1. 注意 ______________
2. 醫生 ______________
3. 怪物 ______________
4. 公司 ______________

❸ 跟老師念念看

Track 45

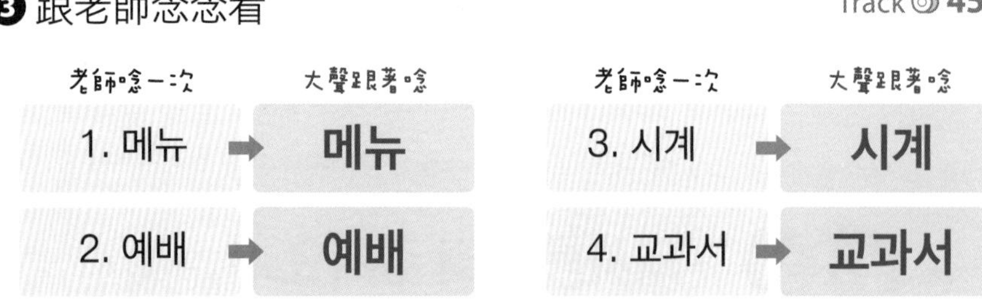

❹ 聽寫練習

Track 45

1. ______________
2. ______________
3. ______________
4. ______________
5. ______________
6. ______________
7. ______________
8. ______________

反切表：平音、送氣音跟基本母音的組合

Track 46

母音 / 子音	ㅏ a	ㅑ ya	ㅓ eo	ㅕ yeo	ㅗ o	ㅛ yo	ㅜ u	ㅠ yu	ㅡ eu	ㅣ i
ㄱ k/g	가 ka	갸 kya	거 keo	겨 kyeo	고 ko	교 kyo	구 ku	규 kyu	그 keu	기 ki
ㄴ n	나 na	냐 nya	너 neo	녀 nyeo	노 no	뇨 nyo	누 nu	뉴 nyu	느 neu	니 ni
ㄷ t/d	다 ta	댜 tya	더 teo	뎌 tyeo	도 to	됴 tyo	두 tu	듀 tyu	드 teu	디 ti
ㄹ r/l	라 ra	랴 rya	러 reo	려 ryeo	로 ro	료 ryo	루 ru	류 ryu	르 reu	리 ri
ㅁ m	마 ma	먀 mya	머 meo	며 myeo	모 mo	묘 myo	무 mu	뮤 myu	므 meu	미 mi
ㅂ p/b	바 pa	뱌 pya	버 peo	벼 pyeo	보 po	뵤 pyo	부 pu	뷰 pyu	브 peu	비 pi
ㅅ s	사 sa	샤 sya	서 seo	셔 syeo	소 so	쇼 syo	수 su	슈 syu	스 seu	시 si
ㅇ －/ng	아 a	야 ya	어 eo	여 yeo	오 o	요 yo	우 u	유 yu	으 eu	이 i
ㅈ ch/j	자 cha	쟈 chya	저 cheo	져 chyeo	조 cho	죠 chyo	주 chu	쥬 chyu	즈 cheu	지 chi
ㅊ ch	차 cha	챠 chya	처 cheo	쳐 chyeo	초 cho	쵸 chyo	추 chu	츄 chyu	츠 cheu	치 chi
ㅋ k	카 ka	캬 kya	커 keo	켜 kyeo	코 ko	쿄 kyo	쿠 ku	큐 kyu	크 keu	키 ki
ㅌ t	타 ta	탸 tya	터 teo	텨 tyeo	토 to	툐 tyo	투 tu	튜 tyu	트 teu	티 ti
ㅍ p	파 pa	퍄 pya	퍼 peo	펴 pyeo	포 po	표 pyo	푸 pu	퓨 pyu	프 peu	피 pi
ㅎ h	하 ha	햐 hya	허 heo	혀 hyeo	호 ho	효 hyo	후 hu	휴 hyu	흐 heu	히 hi

韓語
40音
6
收尾音
(終音)
跟發音的變化

Chapter 6
收尾音（終音）跟發音的變化

point 1 收尾音（終音）

韓語的子音可以在字首，也可以在字尾，在字尾的時候叫收尾音，又叫終音。韓語 19 個子音當中，除了「ㄸ、ㅃ、ㅉ」之外，其他 16 種子音都可以成為收尾音。但實際只有 7 種發音，27 種形式。

1	ㄱ	[k]	ㄱ ㅋ ㄲ ㄳ ㄺ
2	ㄴ	[n]	ㄴ ㄵ ㄶ
3	ㄷ	[t]	ㄷ ㅌ ㅅ ㅆ ㅈ ㅊ ㅎ
4	ㄹ	[l]	ㄹ ㄼ ㄽ ㄾ ㅀ
5	ㅁ	[m]	ㅁ ㄻ
6	ㅂ	[p]	ㅂ ㅍ ㅄ ㄿ
7	ㅇ	[ng]	ㅇ

❶ ㄱ [k]：ㄱ ㅋ ㄲ ㄳ ㄺ

用後舌根頂住軟顎來收尾。像在發台語「學」的尾音。

▧ 마 지 막 [ma ji mak] 最後　▧ 곡 식 [gok sik] 穀物

❷ ㄴ [n]：ㄴ ㄵ ㄶ

用舌尖頂住齒齦，並發出鼻音來收尾。感覺像在發台語「安」的尾音。

▧ 반 대 [pan dae] 反對　▧ 전 신 주 [jeon sin ju] 電線桿

▧ 안 내 [an nae] 陪同遊覽

❸ ㄷ [t]：ㄷ ㅌ ㅅ ㅆ ㅈ ㅊ ㅎ

用舌尖頂住齒齦，來收尾。像在發台語「日」的尾音。

▧ 샅바 [sat pa] (摔跤用的)腿繩　▧ 옷 [ot] 服

▧ 꽃 [kkot] 花

❹ ㄹ [l]：ㄹ ㄼ ㄽ ㄾ ㅀ

用舌尖頂住齒齦，來收尾。像在發台語「兒」音。

▧ 마 을 [ma eul] 村落　▧ 쌀 [ssal] 米

▧ 발 [pal] 腳

❺ ㅁ [m]：ㅁ ㄻ

緊閉雙唇，同時發出鼻音來收尾。像在發台語「甘」的尾音。

▧ 봄 [pom] 春天　▧ 이 름 [i reum] 名字

▧ 사 람 [sa ram] 人

❻ ㅂ [p]：ㅂ ㅍ ㅄ ㄿ

緊閉雙唇，同時發出鼻音來收尾。像在發台語「葉」的尾音。

▧ 입 [ip] 嘴巴　▧ 잎 [ip] 葉子

▧ 값 [kap] 價錢

❼ ㅇ [ng]：ㅇ

用舌根貼住軟顎，同時發出鼻音來收尾。感覺像在發台語「爽」的尾音。

▧ 사 랑 [sa rang] 愛情　▧ 강 [kang] 河川

▧ 유 령 [yu ryeong] 鬼，幽靈

point 2 發音的變化

韓語為了比較好發音等因素，會有發音上的變化。

❶ 硬音化

「ㄱ [k], ㄷ [t], ㅂ [P]」收尾的音，後一個字開頭是平音時，都要變成硬音。簡單說就是：

「ㄱ，ㄷ，ㅂ」+平音「ㄱ，ㄷ，ㅂ，ㅅ，ㅈ」
→硬音「ㄲ，ㄸ，ㅃ，ㅆ，ㅉ」。

正確表記	為了好發音	實際發音
학 교 [hak gyo]	→	학 꾜 [hak kkyo] 學校
식 당 [sik dang]	→	식 땅 [sik ttang] 食堂

❷ 激音化

「ㄱ [k], ㄷ [t], ㅂ [P], ㅈ [t]」收尾的音，後一個字開頭是「ㅎ」時，要發成激音「ㅋ，ㅌ，ㅍ，ㅊ」；相反地，「ㅎ」收尾的音，後一個字開頭是「ㄱ，ㄷ，ㅂ，ㅈ」時，也要發成激音「ㅋ，ㅌ，ㅍ，ㅊ」。簡單說就是：

ㄱ，ㄷ，ㅂ，ㅈ+ㅎ → ㅋ，ㅌ，ㅍ，ㅊ
ㅎ+ㄱ，ㄷ，ㅂ，ㅈ → ㅋ，ㅌ，ㅍ，ㅊ

正確表記	為了好發音	實際發音
놓 다 [not da]	→	노 타 [no ta] 置放
좋 고 [jot go]	→	조 코 [jo ko] 經常
백 화 점 [paek hwa jeom]	→	배 콰 점 [pae kwa jeom] 百貨公司
잊 히 다 [it hi da]	→	이 치 다 [i chi da] 忘記

❸ 連音化

「ㅇ」有時候像麻薯一樣，只要收尾音的後一個字是「ㅇ」時，收尾音會被黏過去唸。但是「ㅇ」也不是很貪心，如果收尾音有兩個，就只有右邊的那一個會被移過去念。

正確表記	為了好發音	實際發音
단 어 [tan eo]	→	다 너 [ta neo] 單字
값 이 [kaps i]	→	갑 시 [kap si] 價格
서 울 이 에 요 [seo ul i e yo]	→	서 우 리 에 요 [seo u li e yo] 是首爾

❹ ㅎ音弱化

收尾音「ㄴ, ㄹ, ㅁ, ㅇ」，後一個字開頭是「ㅎ」音；還有，收尾音「ㅎ」，後一個字開頭是母音時，「ㅎ」的音會被弱化，幾乎不發音。簡單說就是：

ㄴ, ㄹ, ㅁ, ㅇ + ㅎ → ㄴ, ㄹ, ㅁ, ㅇ
ㅎ + ㅇ → ㅇ

正確表記	為了好發音	實際發音
전 화 [jeon hwa]	→	저 놔 [jeo nwa] 電話
발 효 [pal hyo]	→	바 료 [pa ryo] 發酵
암 호 [am ho]	→	아 모 [a mo] 暗號
동 화 [tong hwa]	→	동 와 [tong wa] 童話
좋 아 요 [joh a yo]	→	조 아 요 [jo a yo] 好

❺ 鼻音化（1）

「ㄱ[k]」收尾的音，後一個字開頭是「ㄴ, ㅁ」時，要發成「ㅇ」[ng]。
「ㄷ[t]」收尾的音，後一個字開頭是「ㄴ, ㅁ」時，要發成「ㄴ」[n]。
「ㅂ[P]」收尾的音，後一個字開頭是「ㄴ, ㅁ」時，要發成「ㅁ」[m]。

正確表記	為了好發音	實際發音
국 물 [guk mul]	→	궁 물 [gung mul] 肉湯
짓 는 [jit neun]	→	진 는 [jin neun] 建築
입 문 [ip mun]	→	임 문 [im mun] 入門

❻ 鼻音化（2）

「ㄱ[k], ㄷ[t], ㅂ[p]」收尾的音，後一個字開頭是「ㄹ」時，各要發成「k→ㅇ」、「t→ㄴ」、「p→ㅁ」。而「ㄹ」要發成「ㄴ」。簡單說就是：

[ㄱ, ㄷ, ㅂ＋ㄹ→ㅇ, ㄴ, ㅁ
ㄹ→ㄴ]

正確表記	為了好發音	實際發音
복 리 [bok ri]	→	봉 니 [bong ni] 福利
입 력 [ip ryeok]	→	임 녁 [im nyeok] 輸入
정 류 장 [cheong ru jang]	→	정 뉴 장 [cheong nyu jang] 公車站牌

❼ 流音化：ㄹ同化

「ㄴ」跟「ㄹ」相接時，全部都發成「ㄹ」音。簡單說就是：

[ㄴ＋ㄹ→ㄹ＋ㄹ
ㄹ＋ㄴ→ㄹ＋ㄹ]

正確表記	為了好發音	實際發音
신 라 [sin la]	→	실라 [sil la] 新羅
실 내 [sil nae]	→	실 래 [sil lae] 室內

❽ 蓋音化

「ㄷ [t], ㅌ [t]」收尾的音，後一個字開頭是「이」時，各要發成「ㄷ→ㅈ」、「ㅌ→ㅊ」。而「ㄷ [t]」收尾的音，後字為「히」時，要發成「ㅊ」。簡單說就是：

ㄷ +이→지
ㅌ +이→치
ㄷ +히→치

正確表記	為了好發音	實際發音
같 이 [kat i]	→	가 치 [ka chi] 一起
해 돋 이 [hae dot i]	→	해 도 지 [hae do ji] 日出

❾ ㄴ的添加音

韓語有時候也很曖昧，喜歡加一些音，那就叫做添加音。在合成詞中，以子音收尾的音，後一個字開頭是「야，애，여，예，요，유，이」時，中間添加「ㄴ」音。另外，「ㄹ」收尾的音，後面接母音時，中間加「ㄹ」音。簡單說：

子音+야,얘,여,예,요,유,이
→子音+ㄴ+야,얘,여,예,요,유,이
ㄹ+母音→ㄹ+ㄴ+母音

正確表記	為了好發音	實際發音
식용유 [sik yong yu]	→	시공뉴 [si gyong nyu] 食用油
한국요리 [han guk yo ri]	→	한궁뇨리 [han gung nyo ri] 韓國料理
알약 [al yak]	→	알략 [al lyak] 錠劑

什麼叫合成詞？就是兩個以上的單字，組成另一個意思不同的單字啦！例如：韓國＋料理→韓國料理。

韓語40音 7

韓國人最愛用的句型

1

track 47♬

是…。

\+ **예요.**

ye yo

也．喲．

名詞 + **에요.**

e yo

愛．喲．

1 是母親。

어머니예요.

eo meo ni ye yo

喔．末．尼．也．喲．

2 是老師。

선생님이에요.

seon saeng nim i ye yo

松．先．你母．衣．也．喲．

3 我是金美景。

김 미경이에요.

gim mi gyong i e yo

金母．米．宮．衣．也．喲．

4 是醫生。

의사예요 .

ui sa ye yo

烏衣 . 莎 . 也 . 喲 .

5 是首爾。

서울이에요 .

seo u ri e yo

瘦 . 無 . 立 . 也 . 喲 .

6 是電話。

전화예요 .

jeon hwa ye yo

怎 . 化 . 也 . 喲 .

7 是學生。

학생이에요 .

hak saeng i e yo

哈 . 先 . 衣 . 也 . 喲 .

8 是台灣人。

대만인이에요 .

dae ma nin i e yo

貼 . 滿 . 寧 . 衣 . 也 . 喲 .

2

track 48

是…嗎？

＋

예요？
ye yo
也．喲．

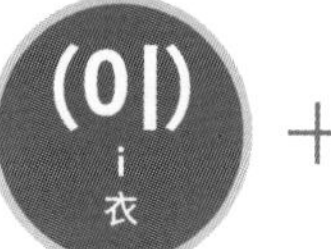

＋

에요？
e yo
愛．喲．

1 是哪裡呢？

어디예요？

eo di ye yo

喔．低．也．喲．

2 是誰呢？

누구예요？

nu gu ye yo

努．姑．也．喲．

3 是什麼呢？

뭐예요？

mwo ye yo

某．也．喲．

4 是哪一個呢？

어느거예요？

eo neu geo ye yo

喔．呢．狗．也．喲．

5 是幾點呢？

몇 시예요？

myeot si ye yo

秒．細．也．喲．

6 是母親嗎？

어머니예요？

eo meo ni ye yo

喔．末．尼．也．喲．

7 是老師嗎？

선생님이에요？

seon saeng nim i e yo

松．先．你母．衣．也．喲．

8 是韓國人嗎？

한국사람이에요？

han guk sa ram i e yo

韓．哭．莎．郎母．衣．也．喲．

3

track 49

很…。

＋ 요.
yo
喲.

1 真遠啊。

머네요.

meo ne yo

末.內.喲.

2 好啊。

좋아요.

joh a yo

秋.阿.喲.

3 很高興。

기뻐요.

gi ppeo yo

幾.撥.喲.

4 很寂寞。

외로워요 .

oe ro wo yo

威 . 樓 . 我 . 喲 .

5 很快樂。

즐거워요 .

jeul geo wo yo

茄兒 . 科 . 我 . 喲 .

6 很有趣。

재미있네요 .

jae mi it ne yo

切 . 米 . 乙 . 內 . 喲 .

7 很甜嗎？

달아요 ?

da ra yo

打 . 拉 . 喲 .

8 很辣嗎？

매워요 ?

mae wo yo

每 . 我 . 喲 .

4

track 50

很…嗎？

形容詞 (아／어) a／eo 阿／喔 ＋ 요？ yo 喲.

1 漂亮嗎？

이 뻐요？

i ppe yo

衣.撥.喲.

2 可愛嗎？

귀여워요？

gwi yeo wo yo

桂.有.我.喲.

3 很帥嗎？

멋있어요？

meo si sseo yo

摸.細.手.喲.

4 好吃嗎？

맛있어요？

mas i sseo yo

馬．細．手．喲．

5 很鹹嗎？

짜요？

jja yo

恰．喲．

6 很酸嗎？

셔요？

syeo yo

秀．喲．

7 很苦嗎？

써요？

sseo yo

瘦．喲．

8 （酒精濃度）很高嗎？

독해요？

do kae yo

吐．給．喲．

5

track 51

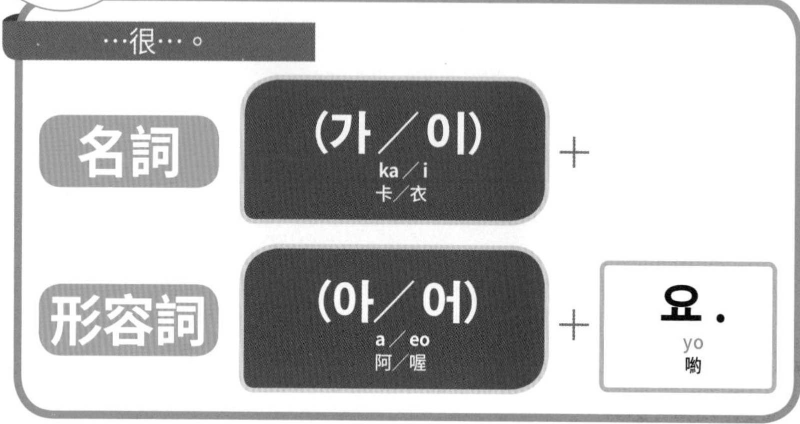

1 皮膚真好。

피부가 좋네요.

pi bu ga jot ne yo

匹．樸．卡．秋．內．喲．

2 心情真好。

기분이 좋아요.

gi bu ni jo a yo

幾．布．妮．秋．阿．喲．

3 心情很差。

기분이 나빠요.

gi bu ni na ppa yo

幾．布．妮．娜．爸．喲．

4 味道很淡。

싱거워요.

sing geo wo yo

醒.科.我.喲.

5 電影很有趣。

영화가 재미있어요.

yeong hwa ga jae mi i sseo yo

用.化.卡.切.米.乙.手.喲.

6 旅行很快樂。

여행이 즐거워요.

yeo haeng i jeul geo wo yo

喲.狠.衣.仇.溝.我.喲.

7 果汁很甜。

주스가 달아요.

ju seu ga da ra yo

阻.司.卡.打.拉.喲.

8 泡菜很辣。

김치가 매워요.

gim chi ga mae wo yo

金母.七.卡.每.我.喲.

6

track 52

…很痛。

＋ **아파요 .**

a pa yo

阿 . 怕 . 喲 .

1 這裡痛。

여기가 아파요 .

yeo gi ga a pa yo

喲 . 幾 . 卡 . 阿 . 怕 . 喲 .

2 頭痛。

머리 아파요 .

meo ri a pa yo

末 . 里 . 阿 . 怕 . 喲 .

3 肚子痛。

배 아파요 .

bae a pa yo

配 . 阿 . 怕 . 喲 .

4 背部痛。

등 아파요.

deung a pa yo

疼.阿.怕.喲.

5 手痛。

손 아파요.

son a pa yo

鬆.阿.怕.喲.

6 膝蓋痛。

무릎 아파요.

mu reup a pa yo

木.嚕樸.阿.怕.喲.

7 牙齒痛。

이빨 아파요.

i ppar a pa yo

尾.巴.阿.怕.喲.

8 胸部痛。

가슴 아파요.

ga seum a pa yo

卡.師母.阿.怕.喲.

7

track 53

…是什麼呢？

名詞 ＋ **뭐예요？**
mwo ye yo
某．也．喲．

1 您貴姓呢？

이름이 뭐예요？

i reu mi mwo ye yo

衣．輪．米．某．也．喲．

2 這是什麼？

이것은 뭐예요？

i geo seun mwo ye yo

衣．勾．孫．某．也．喲．

3 那是什麼？

그건 뭐예요？

geu geon mwo ye yo

哭．公．某．也．喲．

4 早餐是什麼？

아침 밥이 뭐예요？

a chim ba bi mwo ye yo

阿．七母．爬．比．某．也．喲．

5 興趣是什麼？

취미가 뭐예요？

chwi mi ga mwo ye yo

娶．米．卡．某．也．喲．

6 夢想是什麼？

꿈이 뭐예요？

kku mi mwo ye yo

姑．米．某．也．喲．

7 從事什麼工作？

일이 뭐예요？

i ri mwo ye yo

憶．里．某．也．喲．

8 有什麼特殊才藝？

특기가 뭐예요？

teuk gi ga mwo ye yo

特．幾．卡．某．也．喲．

8

track 54

有…嗎？

名詞 ＋ **있어요？**
i sseo yo
衣．手．喲．

1 有報紙嗎？

신문 있어요？

sin mun i sseo yo

心．悶．衣．手．喲．

2 有暈車藥嗎？

멀미약 있어요？

meol mi yag i sseo yo

末兒．米．牙．衣．手．喲．

3 有其他的顏色嗎？

다른 색깔이 있어요？

da reun saek kka ri i sseo yo

打．輪恩．誰．咖．里．衣．手．喲．

4 這附近有餐廳嗎？

이 근처에 레스토랑 있어요？

i geun cheo e re seu to rang i sseo yo

衣．滾．醜．也．淚．司．偷．郎．衣．手．喲．

5 有小一點的嗎？

좀 더 작은 게 있어요？

jom deo ja geun ge i sseo yo

寸．逗．叉．滾．給．衣．手．喲．

6 有大一點的尺寸嗎？

더 큰 사이즈 있어요？

deo keun sa i jeu i sseo yo

透．肯．莎．衣．遲．衣．手．喲．

7 有其他的款式嗎？

다른 디자인이 있어요？

da reun di ja i ni i sseo yo

打．輪恩．低．叉．衣．妮．衣．手．喲．

8 有中文的手冊嗎？

중국어 팜플렛은 있어요？

jung gu geo pam peul le seun i sseo yo

中．姑．勾．傍．普．淚．身．衣．手．喲．

9

track 55

有…。

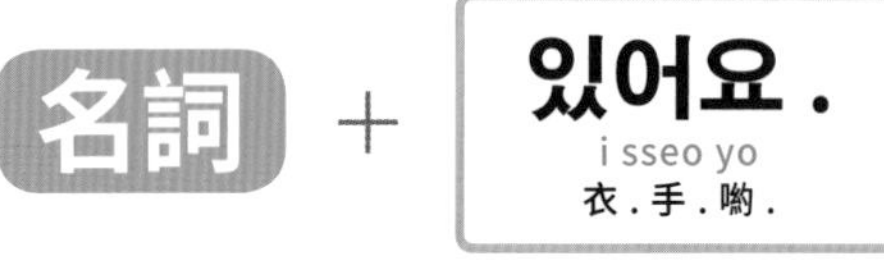

1 有人受傷。

다친 사람이 있어요.

da chin sa ra mi i sseo yo

打.親.莎.拉.米.衣.手.喲.

2 有房間。

방 있어요.

bang i sseo yo

胖.衣.手.喲.

3 有直達車。

직행버스 있어요.

ji kaeng beo seu i sseo yo

幾.肯.波.司.衣.手.喲.

4 有休息時間。

휴게시간이 있어요.

hyu ge si ga ni i sseo yo

休.給.細.卡.妮.衣.手.喲.

5 有免稅店。

면세점이 있어요.

myeon se jeo mi i sseo yo

妙.塞.走.米.衣.手.喲.

6 有座位。

자리 있어요.

ja ri i sseo yo

叉.里.衣.手.喲.

7 對藥物會過敏。

약에 알레르기가 있어요.

ya ge al le reu gi ga i sseo yo

牙.給.阿兒.淚.了.給.卡.衣.手.喲.

8 有發燒。

열이 있어요.

yeo ri i sseo yo

有.理.衣.手.喲.

10

track 56

沒有…。

名詞 ＋ **없어요.**
ab seo yo
歐不.瘦.喲.

1 沒有情人。

연인 없어요.

yeo nin eop seo yo

有.您.歐不.瘦.喲.

2 沒有車票。

티켓이 없어요.

ti ke si eop seo yo

提.客.細.歐不.瘦.喲.

3 沒有要申報的東西。

신고할 건은 없어요.

sin go har geo neun eop seo yo

心.姑.哈兒.勾.嫩.歐不.瘦.喲.

4 沒有自由活動時間。

자유시간이 없어요.

ja yu si ga ni eop seo yo

叉.友.細.哥.妮.歐不.瘦.喲.

5 沒有抽煙場所。

흡연소는 없어요.

heu byeon so neun eop seo yo

乎.蘋.嫂.嫩.歐不.瘦.喲.

6 沒有會講中文的旅行團。

중국어 투어는 없어요.

jung gu geo tu eo neun eop seo yo

中.姑.勾.禿.喔.歐不.瘦.喲.

7 沒有中文歌。

중국어 노래는 없어요.

jung gu geo no rae neun eop seo yo

中.姑.勾.努.雷.嫩.歐不.瘦.喲.

8 沒有食慾。

식욕이 없어요.

si gyo gi eop seo yo

細.叫.幾.歐不.瘦.喲.

11

track 57

…多少錢？

名詞 ＋ **얼마예요？**

eol ma ye yo

偶而．馬．也．喲．

1 這個多少錢？

이거 얼마예요？

i geo eol ma ye yo

衣．科．偶而．馬．也．喲．

2 小孩多少錢？

어린이 얼마예요？

eo ri ni eol ma ye yo

喔．里．妮．偶而．馬．也．喲．

3 對號座位多少錢？

지정석 얼마예요？

ji jeong seog eol ma ye yo

奇．窮．瘦．偶而．馬．也．喲．

4 住一個晚上多少錢？

일박에 얼마예요？

il ba ge eol ma ye yo

憶兒．爬．給．偶而．馬．也．喲．

5 單程多少錢？

편도 얼마예요？

pyeon do eol ma ye yo

騙．多．偶而．馬．也．喲．

6 運費多少錢？

운송료 얼마예요？

un song ryo eol ma ye yo

溫．鬆．留．偶而．馬．也．喲．

7 套餐多少錢？

코스는 얼마예요？

ko seu neun eol ma ye yo

科．司．嫩．偶而．馬．也．喲．

8 到首爾多少錢？

서울까지 얼마예요？

seo ul kka ji eol ma ye yo

首．爾．嘎．奇．偶而．馬．也．喲．

12

track 58

…多少（錢）呢？

數量 ＋ 얼마예요？

eol ma ye yo

偶而．馬．也．喲．

1 一公斤多少錢呢？

1 킬로에 얼마예요？

il kil lo e eol ma ye yo

憶兒．給．樓．愛．偶而．馬．也．喲．

2 十個多少錢呢？

열개에 얼마예요？

yeol gae e eol ma ye yo

友．給．愛．偶而．馬．也．喲．

3 一個小時多少錢呢？

한시간에 얼마예요？

han si ga ne eol ma ye yo

韓．細．敢．內．偶而．馬．也．喲．

4 兩個多少錢呢？

두개에 얼마예요？

du gae e eol ma ye yo

禿 . 給 . 愛 . 偶而 . 馬 . 也 . 喲 .

5 一個人多少錢呢？

한사람 얼마예요？

han sa ram eol ma ye yo

韓 . 莎 . 郎 . 偶而 . 馬 . 也 . 喲 .

6 一天多少錢呢？

하루에 얼마예요？

ha ru e eol ma ye yo

哈 . 魯 . 也 . 偶而 . 馬 . 也 . 喲 .

7 全部多少錢呢？

전부 얼마예요？

jeon bu eol ma ye yo

怎 . 樸 . 偶而 . 馬 . 也 . 喲 .

8 一半多少錢呢？

절반은 얼마예요？

jeol ba nuen eol ma ye yo

仇 . 胖 . 嫩 . 偶而 . 馬 . 也 . 喲 .

13

track 59

…多少（錢）？

＋

＋

數量 ＋ **얼마예요？**
eol ma ye yo
偶而．馬．也．喲．

1 單人床兩個晚上多少錢呢？

싱글룸 2박 얼마예요？

sing geur rum i bag eol ma ye yo

醒．股．輪．伊．巴．偶而．馬．也．喲．

2 那一個多少錢呢？

저거 하나에 얼마예요？

jeo geo ha na e eol ma ye yo

走．口．哈．娜．愛．偶而．馬．也．喲．

3 一瓶啤酒多少錢呢？

맥주 1병에 얼마예요？

maek ju han byeong e eol ma ye yo

妹．阻．韓．蘋．愛．偶而．馬．也．喲．

4 生魚片三人份多少錢呢？

생선회 3인분 얼마예요？

saeng seon hoe sa min bun eol ma ye yo

先.松.會.山.音.噴.偶而.馬.也.喲.

5 三個大人多少錢呢？

어른 3명 얼마예요？

eo reun se myeong eol ma ye yo

喔.輪恩.水.妙.偶而.馬.也.喲.

6 一隻雞多少錢呢？

닭 1마리 얼마예요？

da kan ma ri eol ma ye yo

它.刊.馬.里.偶而.馬.也.喲.

7 手機一台多少錢呢？

휴대전화 1대에 얼마예요？

hyu dae jeon hwa han dae e eol ma ye yo

休.貼.怎.化.韓.貼.愛.偶而.馬.也.喲.

8 全部三小時多少錢呢？

전부 3시간에 얼마예요？

jeon bu se si ga ne eol ma ye yo

怎.樸.水.細.敢.內.偶而.馬.也.喲.

14

track 60♫

麻煩（我要）…。

名詞 + **부탁합니다 (부탁해요).**
pu ta kam ni da (pu ta kea yo)
他．看．你．打．（樸．他．給．喲）

1 麻煩我要換錢。

환전 부탁해요 .

hwan jeon bu ta kae yo

換．怎．樸．他．給．喲．

2 麻煩我要點菜。

주문 부탁해요 .

ju mun bu ta kae yo

阻．悶．樸．他．給．喲．

3 麻煩我要啤酒。

맥주를 부탁해요 .

maek ju reur bu ta kae yo

妹．阻．嚕．樸．他．給．喲．

4 麻煩我要韓式套餐兩人份。

한정식 2인분 부탁해요.

han jeong sig i in bun bu ta kae yo

韓．窮．西哥．伊．音．噴．樸．他．給．喲．

5 麻煩我要再一張。

한장 더 부탁해요.

han jang deo bu ta kae yo

韓．張．透．樸．他．給．喲．

6 麻煩我找 316 號房。

삼일육호실 부탁해요.

sa mir yu ko sil bu ta kae yo

沙．米兒．育．苦．吸．樸．他．給．喲．

7 麻煩我要大人兩人。

어른 둘 부탁해요.

eo reun dur bu ta kae yo da

喔．輪恩．土．樸．他．給．喲．

8 麻煩我要叫醒服務。

모닝콜 부탁해요.

mo ning kor bu ta kae yo

某．令．口爾．樸．他．給．喲．

15

track 61 ♬

可以…嗎？

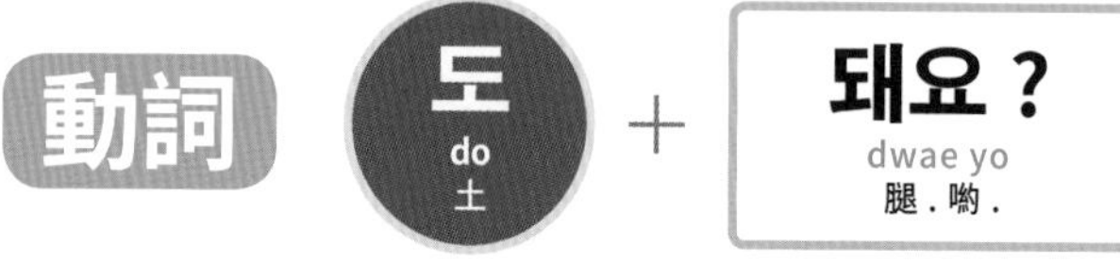

1 可以試穿嗎？

입어봐도 돼요？

i beo bwa do dwae yo

衣．波．爬．土．腿．喲．

2 可以吃嗎？

먹어도 돼요？

meo geo do dwae yo

某．勾．土．腿．喲．

3 可以摸一下嗎？

만져봐도 돼요？

man jeo bwa do dwae yo

滿．酒．爬．土．腿．喲．

4 可以去嗎？

가도 돼요 ?

ga do dwae yo

卡 . 土 . 腿 . 喲 .

5 可以看一下嗎？

봐도 돼요 ?

bwa do dwae yo

爬 . 土 . 腿 . 喲 .

6 可以休息一下嗎？

쉬어도 돼요 ?

swi eo do dwae yo

雖 . 喔 . 土 . 腿 . 喲 .

7 可以回去嗎？

집에 가도 돼요 ?

ji be ga do dwae yo

幾 . 杯 . 卡 . 土 . 腿 . 喲 .

8 可以打電話嗎？

전화해도 돼요 ?

jeon hwa hae do dwae yo

怎 . 化 . 黑 . 土 . 腿 . 喲 .

16

track 62♫

可以…嗎？

1 可以試穿這件嗎？

이가 입어 봐도 돼요？

i geo i beo bwa do dwae yo

衣．勾．衣．波．爬．土．腿．喲．

2 可以抽煙嗎？

담배 피워도 돼요？

dam bae pi wo do dwae yo

談．配．匹．我．土．腿．喲．

3 可以喝酒嗎？

술을 마셔도 돼요？

su reur ma syeo do dwae yo

樹．路．馬．瘦．土．腿．喲．

4 可以拍照嗎？

사진 찍어도 돼요?

sa jin jji geo do dwae yo

莎．親．幾．勾．土．腿．喲．

5 可以進去裡面嗎？

안에 들어가도 돼요?

a ne deu reo ga do dwae yo

阿．內．都．樓．卡．土．腿．喲．

6 可以坐這裡嗎？

여기 앉아도 돼요?

yeo gi an ja do dwae yo

有．給．安．插．土．腿．喲．

7 可以把門打開嗎？

문 열어도 돼요?

mun yeo reo do dwae yo

悶．有．樓．土．腿．喲．

8 這個可以退貨嗎？

이거 반품 해도 돼요?

i geo ban pum hae do dwae yo

衣．口．胖．碰．黑．土．腿．喲．

17

track 63

…在哪裡？

名詞 ＋ 어디예요？
eo di ye yo
喔．低．也．喲．

1 廁所在哪裡？

화장실이 어디예요？

hwa jang si ri eo di ye yo

化．張．細．里．喔．低．也．喲．

2 公車站在哪裡？

버스 타는 곳은 어디예요？

beo seu ta neun go seun eo di ye yo

波．司．她．嫩．夠．孫．喔．低．也．喲．

3 地鐵車站在哪裡？

지하철 역이 어디예요？

ji ha cheor yeo gi eo di ye yo

奇．哈．球．有．幾．喔．低．也．喲．

4 兌換處在哪裡？

환전소는 어디예요？

hwan jeon so neun eo di ye yo

換 . 怎 . 嫂 . 嫩 . 喔 . 低 . 也 . 喲 .

5 藥局在哪裡？

약국은 어디예요？

yak gu geun eo di ye yo

牙 . 姑 . 滾 . 喔 . 低 . 也 . 喲 .

6 觀光諮詢服務台在哪裡？

관광안내소는 어디예요？

gwan gwang an nae so neun eo di ye yo

狂 . 光 . 安 . 內 . 嫂 . 嫩 . 喔 . 低 . 也 . 喲 .

7 出口在哪裡？

출구가 어디예요？

chul gu ga eo di ye yo

糗 . 姑 . 卡 . 喔 . 低 . 也 . 喲 .

8 國內線在哪裡？

국내선 어디예요？

guk nae seon eo di ye yo

哭 . 內 . 三 . 喔 . 低 . 也 . 喲 .

18

track 64

給我…。

名詞 + **주세요.**
ju se yo
阻.塞.喲.

1 給我這個。

이거 주세요.

i geo ju se yo

衣.科.阻.塞.喲.

2 給我水。

물 좀 주세요.

mur jom ju se yo

母兒.從.阻.塞.喲.

3 給我藥。

약 좀 주세요.

yag jom ju se yo

牙.從.阻.塞.喲.

4 給我收據。

영수증 주세요.

yeong su jeung ju se yo

用.樹.真.阻.塞.喲.

5 給我菜單。

메뉴 주세요.

me nyu ju se yo

梅.牛.阻.塞.喲.

6 給我免費報紙。

무료신문 좀 주세요.

mu ryo sin mun jom ju se yo

木.料.心.悶.從.阻.塞.喲.

7 給我路線圖。

노선도 좀 주세요.

no seon do jom ju se yo

努.松.土.從.阻.塞.喲.

8 給我交通卡。

티머니 카드 좀 주세요.

ti meo ni ka deu jom ju se yo

提.末.尼.卡.的.從.阻.塞.喲.

19

track 65

給我…。

數量 + 주세요.
ju se yo
阻.塞.喲.

1 給我三雙。

3 켤레 주세요.

se kyeol le ju se yo

塞.苛兒.淚.阻.塞.喲.

2 給我一套。

1 벌 주세요.

han beor ju se yo

韓.薄.阻.塞.喲.

3 給我一袋。

1 자루 주세요.

han ja ru ju se yo

韓.叉.路.阻.塞.喲.

4 給我四張。

4장 주세요.

ne jang ju se yo

內.張.阻.塞.喲.

5 給我兩杯。

2잔 주세요.

du jan ju se yo

土.餐.阻.塞.喲.

6 給我一瓶。

1병 주세요.

han byeong ju se yo

韓.蘋.阻.塞.喲.

7 給我三個。

3개 주세요.

se gae ju se yo

誰.給.阻.塞.喲.

8 給我兩台。

2대 주세요.

du dae ju se yo

土.貼.阻.塞.喲.

20

track 66

給我…。

名詞 + 數量 + **주세요.**
ju se yo
阻.塞.喲.

1 給我三張票。

표 3장 주세요.

pyo se jang ju se yo

票.塞.將.阻.塞.喲.

2 給我一條毛巾。

타월 1장 주세요.

ta wor han jang ju se yo

她.我.韓.將.阻.塞.喲.

3 給我那個一袋。

저거 1자루 주세요.

jeo geo han ja ru ju se yo

走.口.韓.夾.路.阻.塞.喲.

4 給我四張車票。

표를 4장 주세요.

pyo reur ne jang ju se yo

票.魯.內.江.阻.塞.喲.

5 給我兩杯啤酒。

맥주를 2잔 주세요.

maek ju reur du jan ju se yo

妹.阻.魯.土.餐.阻.塞.喲.

6 給我一瓶燒酒。

소주를 1병 주세요.

so ju reur han byeong ju se yo

嫂.阻.魯.韓.蘋.阻.塞.喲.

7 給我三個蘋果。

사과를 3개 주세요.

sa gwa reur se gae ju se yo

莎.瓜.魯.塞.給.阻.塞.喲.

8 給我兩台照相機。

카메라를 2대 주세요.

ka me ra reur du dae ju se yo

卡.梅.拉.魯.土.貼.阻.塞.喲.

21

track 67

請…。

動詞 + 주세요.
ju se yo
阻.塞.喲.

1 請快一點。

서둘러 주세요.

seo dul leo ju se yo

瘦.土.拉.阻.塞.喲.

2 請算便宜一點。

좀 깎아 주세요.

jom kka kka ju se yo

從.咖.咖.阻.塞.喲.

3 請救救我！

도와 주세요!

do wa ju se yo

土.娃.阻.塞.喲.

4 請幫我唸一下。

읽어 주세요.

il geo ju se yo

憶兒.勾.阻.塞.喲.

5 請幫我收拾一下。

치워 주세요.

chi wo ju se yo

氣.我.阻.塞.喲.

6 請等一下。

기다려 주세요.

gi da ryeo ju se yo

給.打.留.阻.塞.喲.

7 請給我看一下。

보여 주세요.

bo yeo ju se yo

普.喲.阻.塞.喲.

8 請再度光臨。

또 오세요.

tto o se yo

都.喔.塞.喲.

22

track 68

請… 。

名詞 + 動詞 + 주세요.
ju se yo
阻.塞.喲.

1 請給我看那個。

저것을 보여 주세요.

jeo geo seur bo yeo ju se yo

走.勾.思兒.普.喲.阻.塞.喲.

2 請加一些零錢。

잔돈을 섞어 주세요.

jan do neur seo kkeo ju se yo

餐.土.奴.瘦.勾.阻.塞.喲.

3 請載我到明洞。

명동까지 가 주세요.

myeong dong kka ji ga ju se yo

妙.同.嘎.奇.卡.阻.塞.喲.

4 請聯絡飯店。

호텔에 연락해 주세요.

ho te re yeol la ke ju se yo

呼.貼.雷.由.拉.給.阻.塞.喲.

5 請幫我叫計程車。

택시 좀 불러 주세요.

taek si jom bul leo ju se yo

特.細.從.普.拉.阻.塞.喲.

6 請幫我換房間。

방을 바꿔 주세요.

bang eur ba kkwo ju se yo

胖.額.爬.郭.阻.塞.喲.

7 請揮一下手。

손 흔들어 주세요.

son heun deu reo ju se yo

鬆.恨.都.樓.阻.塞.喲.

8 請幫我叫醫生。

의사를 불러 주세요.

ui sa reur bul leo ju se yo

烏衣.莎.魯.普.樓.阻.塞.喲.

23

track 69

請（幫我）…。

動詞 ＋ **해주세요.**
hae ju se yo
黑．阻．塞．喲．

1 請跟我握手。

악수해 주세요.

ak su hae ju se yo

阿苦．樹．黑．阻．塞．喲．

2 請說明一下。

설명해 주세요.

seol myeong hae ju se yo

手．妙．黑．阻．塞．喲．

3 請跟我聯絡。

연락해 주세요.

yeon ra kae ju se yo

由．拉．給．阻．塞．喲．

4 請吻我。

뽀뽀해 주세요.

ppo ppo hae ju se yo

伯.伯.黑.阻.塞.喲.

5 請簽一下名。

사인해 주세요.

sa in hae ju se yo

莎.音.黑.阻.塞.喲.

6 請幫我換錢。

환전해 주세요.

hwan jeon hae ju se yo

換.怎.黑.阻.塞.喲.

7 請幫我預約。

예약해 주세요.

ye ya kae ju se yo

也.牙.給.阻.塞.喲.

8 請打電話給我。

전화해 주세요.

jeon hwa hae ju se yo

怎.拿.黑.阻.塞.喲.

24

track 70♬

請（做）…。

形容詞 ＋ **해주세요.**
hae ju se yo
黑．阻．塞．喲．

1 請算我便宜一些。

싸게 해 주세요.

ssa ge hae ju se yo

撒．給．黑．阻．塞．喲．

2 請快一點。

빨리 해 주세요.

ppal li hae ju se yo

八．里．黑．阻．塞．喲．

3 請（用力）輕一點。

약하게 해 주세요.

ya ka ge hae ju se yo

牙．卡．給．黑．阻．塞．喲．

4 請（用力）重一點。

강하게 해 주세요.

gang ha ge hae ju se yo

剛.哈.給.黑.阻.塞.喲.

5 請放辣一點。

맵게 해 주세요.

maep ge hae ju se yo

沒.給.黑.阻.塞.喲.

6 請弄大一點。

크게 해 주세요.

keu ge hae ju se yo

苦.給.黑.阻.塞.喲.

7 請個別處理。

따로 따로 해 주세요.

tta ro tta ro hae ju se yo

大.樓.大.樓.黑.阻.塞.喲.

8 請安靜一點。

조용히 해 주세요.

jo yong hi hae ju se yo

抽.用.衣.黑.阻.塞.喲.

25

track 71

請（做）…。

形容詞 + 名詞 + **해주세요.**
hae ju se yo
黑.阻.塞.喲.

1 請說慢一點。

천천히 말해 주세요.

cheon cheon hi mar hae ju se yo

窮.窮.衣.馬.黑.阻.塞.喲.

2 請包得可愛一點。

예쁘게 포장해 주세요.

ye ppeu ge po jang hae ju se yo

也.不.給.普.張.黑.阻.塞.喲.

3 請再確認一次。

다시 한번 확인해 주세요.

da si han beon hwa gin hae ju se yo

打.細.韓.朋.化.金.黑.阻.塞.喲.

4 請打掃乾淨一點。

깨끗이 청소해 주세요.

kkae kkeu si cheong so hae ju se yo

給.苦.細.窮.嫂.黑.阻.塞.喲.

5 請開車慢一點。

천천히 운전해 주세요.

cheon cheon hi un jeon hae ju se yo

窮.窮.衣.運.怎.黑.阻.塞.喲.

6 請說簡單一點。

간단하게 설명해 주세요.

gan dan ha ge seol myeong hae ju se yo

桿.蛋.拿.給.手.妙.黑.阻.塞.喲.

7 請等一下打電話給我。

나중에 전화해 주세요.

na jung e jeon hwa hae ju se yo

娜.中.愛.怎.化.黑.阻.塞.喲.

8 請快點配送。

빨리 배달해 주세요.

ppal li bae da rae ju se yo

八.里.配.大.雷.阻.塞.喲.

26

track 72♫

我想…。

＋ 싶어요.
si peo yo
細.波.喲.

1 我想吃。

먹고 싶어요.

meok go si peo yo

摸.姑.細.波.喲.

2 我想去。

가고 싶어요.

ga go si peo yo

卡.姑.細.波.喲.

3 我想買。

사고 싶어요

sa go si peo yo

莎.姑.細.波.喲.

4 我想說話。

이야기하고 싶어요.

i ya gi ha go si peo yo

衣．呀．幾．哈．姑．細．波．喲．

5 我想見面。

만나고 싶어요.

man na go si peo yo

滿．娜．姑．細．波．喲．

6 我想回去。

돌아가고 싶어요.

do ra ga go si peo yo

土．拉．卡．姑．細．波．喲．

7 我想玩。

놀고 싶어요.

nol go si peo yo

農．姑．細．波．喲．

8 我想回去。

집에 가고 싶어요.

ji be ga go si peo yo

幾．杯．卡．姑．細．波．喲．

27

track 73

我想…。

1 我想吃泡菜。

김치를 먹고 싶어요.

gim chi reur meok go si peo yo

金母.氣.魯.摸.姑.細.波.喲.

2 我想去韓國。

한국에 가고 싶어요

han gu ge ga go si peo yo

韓.姑.給.卡.姑.細.波.喲.

3 我想買包包。

가방을 사고 싶어요.

ga bang eur sa go si peo yo

卡.胖.兒.莎.姑.細.波.喲.

4 我想說得流利。

자유롭게 말하고 싶어요.

ja yu rop ge mal ha go si peo yo

叉.友.樓普.給.馬.拉.姑.細.波.喲.

5 我想見她。

그녀를 만나고 싶어요

geu nyeo reur man na go si peo yo

哭.牛.魯.滿.娜.姑.細.波.喲.

6 我想做臉部按摩。

얼굴 마사지하고 싶어요.

eol gur ma sa ji ha go si peo yo

偶而.骨.馬.莎.奇.哈.姑.細.波.喲.

7 我想回家。

집에 돌아가고 싶어요.

ji be do ra ga go si peo yo

幾.杯.土.拉.卡.姑.細.波.喲.

8 我想玩電玩。

게임 하고 싶어요.

ge im ha go si peo yo

給.衣母.哈.姑.細.波.喲.

28

track 74♫

…如何呢？

名詞 ＋ **어때요？**
eo ddae yo
喔．跌．喲．

1 身體狀況如何呢？

요즘 어때요？

yo jeum eo ttae yo

喲．酒母．喔．跌．喲．

2 旅行如何呢？

여행은 어때요？

yeo haeng eun eo ttae yo

喲．狠．運．喔．跌．喲．

3 味道如何呢？

맛은 어때요？

ma seun eo ttae yo

馬．孫．喔．跌．喲．

4 韓國如何呢？

한국은 어때요？

han gu geun eo ttae yo

韓．姑．滾．喔．跌．喲．

5 烤肉如何呢？

불고기는 어때요？

bul go gi neun eo ttae yo

普．姑．給．嫩．喔．跌．喲．

6 天氣如何呢？

날씨는 어때요？

nal ssi neun eo ttae yo

那兒．西．嫩．喔．跌．喲．

7 星期日如何呢？

일요일은 어때요？

i ryo i reun eo ttae yo

伊．溜．衣．論．喔．跌．喲．

8 領帶如何呢？

넥타이는 어때요？

nek ta i neun eo ttae yo

內．她．衣．嫩．喔．跌．喲．

29

track 75

可以…？

1 可以說韓語嗎？

한국어 할 수 있어요？

han gu geo har su i sseo yo

韓．庫．勾．哈兒．樹．衣．手．喲．

2 會唸嗎？

읽을 수 있어요？

il geur su i sseo yo

憶．古兒．樹．衣．手．喲．

3 可以碰面嗎？

만날 수 있어요？

man nar su i sseo yo

罵．那兒．樹．衣．手．喲．

4 可以吃嗎？

먹을 수 있어요？

meo geur su i sseo yo

末．古兒．樹．衣．手．喲．

5 可以搭乘嗎？

탈 수 있어요？

tar su i sseo yo

塔兒．樹．衣．手．喲．

6 可以修改嗎？

고칠 수 있어요？

go chir su i sseo yo

姑．妻兒．樹．衣．手．喲．

7 可以郵寄嗎？

보낼 수 있어요？

bo naer su i sseo yo

普．內兒．樹．衣．手．喲．

8 可以幫我保管嗎？

맡길 수 있어요？

mat gir su i sseo yo

馬．幾兒．樹．衣．手．喲．

30

track 76

可以…？

1 會說韓語嗎？

한국어를 할 수 있어요？

han gu geo reur har su i sseo yo

韓．姑．勾．魯．哈兒．樹．衣．手．喲．

2 有辦法便宜買嗎？

싸게 살 수 있어요？

ssa ge sar su i sseo yo

沙．給．沙兒．樹．衣．手．喲．

3 可以刷卡嗎？

카드 쓸 수 있어요？

ka deu sseur su i sseo yo

卡．都．思兒．樹．衣．手．喲．

4 可以用洗衣機洗嗎？

세탁기로 빨 수 있어요？

se tak gi ro ppar su i sseo yo

塞．他．幾．樓．八兒．樹．衣．手．喲．

5 可以坐巴士去嗎？

버스로 갈 수 있어요？

beo seu ro gar su i sseo yo

波．司．樓．卡兒．樹．衣．手．喲．

6 可以來接我嗎？

마중 나올 수 있어요？

ma jung na or su i sseo yo

馬．中．娜．喔兒．樹．衣．手．喲．

7 可以八點來嗎？

8 시에 올 수 있어요？

yeo deol si e or su i sseo yo

有．毒．細．也．喔兒．樹．衣．手．喲．

8 可以打國際電話嗎？

국제전화 할 수 있어요？

guk je jeon hwa har su i sseo yo

哭．姊．怎．化．哈兒．樹．衣．手．喲．

31

track 77

不會…、沒辦法…。

+

못해요.
mo tae yo
摸.貼.喲.

1 不會寫。

쓰지 못 해요.

sseu ji mo tae yo

書.雞.摸.貼.喲.

2 不會唸。

읽지 못 해요.

ik ji mo tae yo

伊.雞.摸.貼.喲.

3 沒辦法去。

가지 못 해요.

ga ji mo tae yo

卡.雞.摸.貼.喲.

4 沒辦法吃。

먹지 못 해요.

meok ji mo tae yo

末客.雞.摸.貼.喲.

5 睡不著。

잠자지 못 해요.

jam ja ji mo tae yo

掐.叉.雞.摸.貼.喲.

6 沒辦法進去。

들어가지 못 해요.

deu reo ga ji mo tae yo

都.樓.卡.雞.摸.貼.喲.

7 沒辦法等。

기다리지 못 해요.

gi da ri ji mo tae yo

幾.打.里.雞.摸.貼.喲.

8 沒辦法做。

만들지 못 해요.

man deul ji mo tae yo

慢.毒.雞.摸.貼.喲.

32

track 78

不會…、沒辦法…。

1 沒辦法搭公車去。

버스로는 가지 못 해요.

beo seu ro neun ga ji mo tae yo

波.司.樓.嫩.卡.雞.摸.貼.喲.

2 不會說韓語。

한국어는 하지 못 해요.

han gu geo neun ha ji mo tae yo

韓.姑.勾.嫩.哈.雞.摸.貼.喲.

3 沒辦法開車。

운전하지 못 해요.

un jeon ha ji mo tae yo

運.怎.哈.雞.摸.貼.喲.

4 沒辦法喝酒。

술은 마시지 못 해요.

su reun ma si ji mo tae yo

樹.論.馬.細.雞.摸.貼.喲.

5 沒辦法買貴的。

비싸서 사지 못 해요.

bi ssa seo sa ji mo tae yo

皮.沙.瘦.莎.雞.摸.貼.喲.

6 沒辦法吃辣的。

매워서 먹지 못 해요.

mae wo seo meok ji mo tae yo

每.我.瘦.末客.雞.摸.貼.喲.

7 沒辦法提行李。

짐 들지못 해요.

jim deul ji mo tae yo

吉姆.土.雞.摸.貼.喲.

8 沒辦法理解。

이해하지 못 해요.

i hae ha ji mo tae yo

衣.黑.哈.雞.摸.貼.喲.

33

track 79

我丟了…。

+ **분실했어요.**
bun sil hae sseo yo
噴.吸.淚.手.喲.

1 我丟了鑰匙。

열쇠를 분실했어요.

yeol soe reur bun sil hae sseo yo

友.塞.魯.噴.吸.淚.手.喲.

2 我丟了錢包。

지갑을 분실했어요.

ji ga beur bun sil hae sseo yo

奇.甲.普.噴.吸.淚.手.喲.

3 我丟了手提包。

가방을 분실했어요.

ga bang eur bun sil hae sseo yo

卡.胖.兒.噴.吸.淚.手.喲.

4 我丟了護照。

여권을 분실했어요 .

yeo gwo neur bun sil hae sseo yo

喲 . 郭 . 努兒 . 噴 . 吸 . 淚 . 手 . 喲 .

5 我丟了行李。

짐을 분실했어요 .

ji meur bun sil hae sseo yo

幾 . 門兒 . 噴 . 吸 . 淚 . 手 . 喲 .

6 我丟了雨傘。

우산을 분실했어요 .

wu sa neur bun sil hae sseo yo

屋 . 沙 . 魯 . 噴 . 吸 . 淚 . 手 . 喲 .

7 我丟了手機。

휴대전화를 분실했어요 .

hyu dae jeon hwa reur bun sil hae sseo yo

休 . 貼 . 怎 . 化 . 魯 . 噴 . 吸 . 淚 . 手 . 喲 .

8 我丟了外套。

코트를 분실했어요 .

ko teu reur bun sil hae sseo yo

科 . 的 . 魯 . 噴 . 吸 . 淚 . 手 . 喲 .

MEMO

韓語
40音
8
韓國人最愛說
的會話

track 80

01 早！

안녕！

an nyeong

安.牛恩.

02 早安！

안녕하세요.

an nyeong ha se yo

安.牛恩.哈.塞.喲.

03 你好！

안녕하세요.

an nyeong ha se yo

安.牛恩.哈.塞.喲.

04 晚安！

잘 자요.

jar ja yo

彩兒.叉.喲.

05 晚安！

안녕히 주무세요.

an nyeong hi ju mu se yo

安.牛恩.衣.阻.木.塞.喲.

06 請好好休息！

편히 쉬세요 .

pyeon hi swi se yo

騙 . 你 . 書 . 塞 . 喲 .

07 好久不見了。

오랜만이에요 .

o raen ma ni e yo

喔 . 蓮 . 滿 . 妮 . 也 . 喲 .

08 您好嗎？

잘 지내세요 ?

jar ji nae se yo

彩兒 . 奇 . 內 . 塞 . 喲 .

09 再見！

안녕히 가세요 .

an nyeong hi ga se yo

安 . 牛恩 . 衣 . 卡 . 塞 . 喲 .

10 再見！

안녕히 계세요 .

an nyeong hi gye se yo

安 . 牛恩 . 衣 . 給 . 塞 . 喲 .

11 謝謝！

고마워요 .

go ma wo yo

姑 . 馬 . 我 . 喲 .

12 感謝各方的協助。

여러 가지로 고마워요 .

yeo reo ga ji ro go ma wo yo

喲 . 漏 . 卡 . 奇 . 樓 . 姑 . 馬 . 我 . 喲 .

13 承蒙關照了。

실례 많았습니다 .

sil le ma na seum ni da

吸 . 淚 . 馬 . 那 . 師母 . 妮 . 打 .

14 您辛苦了。

수고하셨어요 .

su go ha syeo sseo yo

樹 . 姑 . 哈 . 羞 . 手 . 喲 .

15 不客氣。

천만에요 .

cheon ma ne yo

寵 . 馬 . 內 . 喲 .

16 對不起。

미안해요.

mi an hae yo

米.阿.內.喲.

17 非常抱歉。

죄송합니다.

joe song ham ni da

吹.鬆.哈母.妮.打.

18 請原諒我。

용서해 주세요.

yong seo hae ju se yo

永.瘦.黑.阻.塞.喲.

19 我遲到了，對不起。

늦어서 미안합니다.

neu jeo seo mi an ham ni da

奴.酒.瘦.米.安.哈.妮.打.

20 沒關係的。

괜찮아요.

gwaen cha na yo

跪.擦.娜.喲.

track 81

21 初次見面，你好。

처음 뵙겠습니다.

cheo eum boep ge seum ni da

抽.恩.陪.給.師母.你.打.

22 我叫金龍範。

김(金)용(龍)범(範)이라고 합니다.

gim yong beo mi ra go ham ni da

金母.龍.破.米.拉.姑.哈母.妮.打.

23 我來自台灣。

대만에서 왔어요.

dae ma ne seo wa sseo yo

貼.馬.內.瘦.娃.手.喲.

24 請多指教。

잘 부탁합니다.

jar bu ta kam ni da

彩兒.樸.他.看.妮.打.

25 彼此彼此，才要請您多多指教。

저야말로 잘 부탁드립니다.

jeo ya mal lo jar bu tak deu rim ni da

走.呀.罵.樓.彩兒.樸.他.的.力母.尼.打.

26 我停留一星期，來觀光的。

일주일 동안, 관광하러 왔어요.

il ju ir dong an gwan gwang ha reo wa sseo yo

憶兒.阻.憶兒.同.安,狂.光.哈.樓.娃.手.喲.

27 我來學韓語的。

한국어를 공부하러 왔어요.

han gu geo reur gong bu ha reo wa sseo yo

韓.姑.勾.魯.工.樸.哈.樓.娃.手.喲.

28 我是大學生。

대학생이에요.

dae hak saeng i e yo

貼.哈.先.伊.愛.喲.

29 我 25 歲。

저는 25 살이예요.

jeo neun sue mul da seot sa ri ye yo

走.嫩.思.母兒.它.搜.沙.里.也.喲.

30 我的興趣是旅行。

취미는 여행이에요.

chwi mi neun yeo haeng i e yo

娶.米.嫩.喲.狠.伊.愛.喲.

track 82♬

31 喜歡！

좋아해요 .

joh a hae yo

秋 . 阿 . 黑 . 喲 .

32 討厭！

싫어요 .

sir eo yo

細 . 樓 . 喲 .

33 心情太好啦！

기분 좋아요 !

gi bun jo a yo

氣 . 氛 . 秋 . 阿 . 喲 .

34 好幸福喔！

행복해요 .

haeng bo kae yo

狠 . 伯 . 給 . 喲 .

35 太叫人生氣啦！

화가 났어요 .

hwa ga na sseo yo

化 . 卡 . 娜 . 手 . 喲 .

36 真快樂！

즐거워요.

jeul geo wo yo

處兒.科.我.喲.

37 真悲哀！

슬퍼요.

seul peo yo

思.波.喲.

38 真有趣！

재미있네요.

jae mi it ne yo

切.米.乙.內.喲.

39 萬歲！

만세！

man se

滿.塞.

40 真好笑！

웃긴다！ 웃겨！

ut gin da ut gyeo

屋.幾恩.打.屋.橋.

track 83

41 超喜歡的！

너무 좋아요！

neo mu jo a yo

弄．木．秋．阿．喲．

42 我愛你！

사랑해요！

sa rang hae yo

莎．郎．黑．喲．

43 加油！

힘내！

him nae

嬉母．內．

44 加油！

화이팅．

hwa i ting

化．衣．停．

45 請加油喔！

힘내세요．

him nae se yo

嬉母．內．塞．喲．

46 我永遠挺你。

항상 응원하고 있어요.

hang sang eung won ha go i sseo yo

航.商.嗯.旺.哈.姑.衣.手.喲.

47 一定會順利的。

반드시 잘 될거예요.

ban deu si jar doel geo ye yo

胖.的.細.彩兒.腿.姑.也.喲.

48 太棒啦！

최고예요!

choe go ye yo

吹.姑.也.喲.

49 我是你的粉絲！

되게 팬이에요.

doe ge pae ni e yo

腿.給.配.妮.也.喲.

50 超可愛的。

귀여워요!

gwi yeo wo yo

桂.喲.我.喲.

track 84

51 外型超酷的。

너무 멋있어요.

neo mu meo si sseo yo

娜.木.摸.細.手.喲.

52 今天太高興啦！

오늘은 너무 즐거웠어요.

o neu reun neo mu jeul geo wo sseo yo

喔.奴.論.娜.木.遲兒.姑.我.手.喲.

53 度過了很美好的時間。

멋진 시간을 보냈어요.

meot jin si ga neur bo nae sseo yo

摸.親.細.哥.奴.普.內.手.喲.

54 這次的曲子真好聽。

이번 노래 너무 좋아요.

i beon no rae neo mu jo a yo

衣.朋.努.累.娜.木.秋.阿.喲.

55 是我一輩子的美好回憶。

평생 좋은 추억이 될거예요.

pyeong saeng jo eun chu eo gi doel geo ye yo

平.先.秋.運.醋.喔.幾.堆.姑.也.喲.

56 受到了鼓舞。

많은 힘을 얻었어요.

ma neun hi meur eo deo sseo yo

滿．嫩．喜．母爾．偶．朵．手．喲．

57 太感動啦！

너무 감동했어요.

neo mu gam dong hae sseo yo

娜．某．卡母．同．黑．手．喲．

58 歌聲真是美妙啊！

목소리가 너무 멋있어요.

mok so ri ga neo mu meo si sseo yo

某．嫂．里．卡．娜．木．末．細．手．喲．

59 演出太精彩了。

너무 멋진 무대였어요.

neo mu meot jin mu dae yeo sseo yo

娜．木．摸．親．木．貼．有．手．喲．

60 第一次體驗到如此好玩的歌迷見面會。

이렇게 즐거운 팬미팅은 처음이에요.

i reo ke jeul geo un paen mi ting eun cheo eu mi e yo

衣．樓．客．節兒．姑．運．偏．米．停．恩．醜．恩．米．也．喲．

track 85♫

61 什麼事呢？

뭐예요？

mwo ye yo

某.也.喲.

62 哪一個呢？

어느거예요？

eo neu geo ye yo

喔.奴.勾.也.喲.

63 哪裡呢？

어디예요？

eo di ye yo

喔.低.也.喲.

64 幾歲呢？

몇살이에요？

myeot sa ri ye yo

妙.沙.里.也.喲.

65 誰呢？

누구예요？

nu gu ye yo

努.姑.也.喲.

66 為什麼呢？

왜요 ?

wae yo

為．喲．

67 怎麼做呢？

어떡해요 ?

eo tteo kae yo

喔．都．給．喲．

68 還好嗎？

괜찮아요 ?

gwaen cha na yo

跪．恰．那．喲．

69 吃過飯了嗎？

밥먹었어요 ?

bap meo geo sseo yo

旁．末．勾．手．喲．

70 忙嗎？

바쁘세요 ?

ba ppeu se yo

爬．不．塞．喲．

MEMO

韓語
40音
附錄
生活必備單字

1 數字—漢字詞

Track 86

拼音	韓文	諧音	意思
kong	공	空	0
il	일	憶兒	1
i	이	伊	2
sam	삼	山母	3
sa	사	沙	4
o	오	喔	5
yuk	육	育苦	6
chil	칠	妻兒	7
pal	팔	怕兒	8
ku	구	姑	9
sip	십	細	10
si.pil	십일	細．比兒	11
si.pi	십이	細．比	12
i.sib	이십	伊．細	20
sam.sip	삼십	三母．細	30
paek	백	陪哭	百
cheon	천	餐	千
man	만	滿	萬
sip.man	십만	新．滿	10 萬
baeng.man	백만	篇．滿	百萬
cheon.man	천만	餐．滿	千萬
eok	억	歐哭	億
won	~ 원	～旺	～圜（韓幣單位）

2 數字—固有詞

Track 87

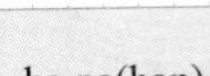

ha.na(han) **하나 . (한)** 哈 . 娜 .（憨） 1	tul(tu) **둘 . (두)** 兔耳 .（禿） 2	set(se) **셋 . (세)** 色樸 .（誰） 3
net(ne) **넷 . (네)** 呢特 .（內） 4	ta.seot **다섯** 打 . 手特 5	yeo.seot **여섯** 有 . 手 6

il.gop **일곱** 憶兒 . 哥撲 7	yeo.deol **여덟** 有 . 嘟兒 8	a.hop **아홉** 阿 . 候補 9	yeol **열** 有兒 10

3 量詞

Track 88

myeong **～명** ～妙 ～位	kae **～개** ～給 ～個	pyeong **～병** ～蘋 ～瓶	jan **～잔** ～餐 ～杯

jang	tae	pong.ji	han.jan	tu.kae
~장	**~대**	**~봉지**	**한잔**	**두개**
~張	~貼	~崩.幾	憨.展	禿.給
~張	~台	~袋	1 杯	2 個

4 時間

Track 89

han.si	tu.si	se.si
한시	**두시**	**세시**
憨.細	禿.細	誰.細
1 點	2 點	3 點
ne.si	ta.seot.si	yeo.seot.si
네시	**다섯시**	**여섯시**
內.細	打.手.細	有.手.細
4 點	5 點	6 點
il.gop.si	yeo.deol.si	a.hop.si
일곱시	**여덟시**	**아홉시**
衣兒.夠.細	有.朵兒.細	阿.候補.細
7 點	8 點	9 點
yeol.si	yeo.ran.si	yeol.tu.si
열시	**열한시**	**열두시**
友.細	友.憨.細	友.土.細
10 點	11 點	12 點

5 日・月

Track 90

i.ril 일일 伊.力兒 1日	i.il 이일 伊.憶兒 2日	sa.mil 삼일 沙.蜜兒 3日
sa.il 사일 沙.憶兒 4日	o.il 오일 喔.憶兒 5日	yu.gil 육일 又.給兒 6日
chi.ril 칠일 七.立兒 7日	pa.ril 팔일 八.立兒 8日	ku.il 구일 姑.憶兒 9日
si.bil 십일 細.比兒 10日	si.bi.lil 십일일 細.逼.立兒 11日	si.bi.il 십이일 細.比.憶兒 12日
sip.sa.mil 십삼일 細普.沙.蜜兒 13日	sip.sa.il 십사일 細普.沙.憶兒 14日	si.bo.il 십오일 細.伯.憶兒 15日

sim.yun.gil
십육일
心.牛.給兒
16日

sip.chi.ril
십칠일
細.七.力兒
17日

sip.pa.ril
십팔일
細.八.力兒
18日

sip.gu.il
십구일
細.姑.憶兒
19日

i.si.bil
이십일
伊.細.比兒
20日

i.sib.ir.il
이십일일
伊.細.逼.力兒
21日

i.si.bi.il
이십이일
伊.細.比.憶兒
22日

i.sip.sa.mil
이십삼일
伊.細.沙.密兒
23日

i.sip.sa.il
이십사일
伊.細.沙.憶兒
24日

i.rwol
일월
衣.弱兒
1月

i.wol
이월
伊.我兒
2月

sa.mwol
삼월
山母.我兒
3月

sa.wol
사월
沙.我兒
4月

o.wol
오월
喔.我兒
5月

yu.wol
유월
有.我兒
6月

chi.rwol
칠월
欺.弱兒
7月

pa.rwol
팔월
怕.弱兒
8月

ku.wol
구월
苦.我兒
9月

si.wol 시월 思．我兒 10 月	si.bi.rwol 십일월 西．逼．弱兒 11 月	si.bi.wol 십이월 西．比．我兒 12 月

6 時候

Track 91

a.chim 아침 阿．七母 早晨，早餐	jeom.sim 점심 從母．思母 中午，午餐	jeo.nyeok 저녁 走．牛哭 傍晚，晚餐
o.jeon 오전 喔．怎 上午	o.hu 오후 喔．呼 下午	pam 밤 怕母 夜晚
si.mya 심야 師母．雅 深夜	o.neul 오늘 喔．呢耳 今天	eo.je 어제 喔．借 昨天
geu.je 그제 哭．借 前天	nae.il 내일 內．憶兒 明天	mo.re 모레 母．淚 明後天

mae.il 매일 每.憶兒 每天	ji.nan.dal 지난달 奇.難.大耳 上個月	i.beon.tal 이번달 伊.朋.太耳 這個月
ta.eum.tal 다음달 打.恩母.太耳 下個月	ta.ta.eum.tal 다다음달 打.打.恩母.太耳 下下個月	ju.mal 주말 阻.罵兒 週末
pyeong.il 평일 平.憶兒 平日	hyu.il 휴일 休.憶兒 假日	ol.hae 올해 喔.累 今年
jang.nyeon 작년 強.牛 去年	nae.nyeon 내년 內.牛 明年	nae.hu.nyeon 내후년 內.呼.牛 後年
yeo.nyu 연휴 言.休 連休	yeo.reum.hyu.ga 여름휴가 有.樂母.休.哥 暑假	seol.lal 설날 手.拉 元旦

pom 봄 撥 春	yeo.reum 여름 有.樂母 夏	ka.eul 가을 卡.無兒 秋	kyeo.ul 겨울 橋.無兒 冬

7 星期

Track 92

i.ryo.il 일요일 伊.六.憶兒 星期日	wo.ryo.il 월요일 我.六.憶兒 星期一	hwa.yo.il 화요일 化.油.憶兒 星期二
su.yo.il 수요일 樹.油.憶兒 星期三	mo.gyo.il 목요일 某.叫.憶兒 星期四	keu.myo.il 금요일 苦.妙.憶兒 星期五
to.yo.il 토요일 偷.油.憶兒 星期六		

8 顏色

Track 93

keo.meun.saek 검은색 共.悶.誰 黑色	hen.saek 흰색 恨.誰 白色	hoe.saek 회색 會.誰 灰色

ppal.gan.saek **빨간색** 八兒.桿.誰 紅色	pu.nong.seak **분홍색** 噴.紅.誰 粉紅色	pa.ran.saek **파란색** 怕.藍.誰 藍色
no.ran.saek **노란색** 努.藍.誰 黃色	cho.rok.saek **초록색** 求.鹿.誰 綠色	o.ren.ji.saek **오렌지색** 喔.連.奇.誰 橙色
po.ra.saek **보라색** 普.拉.誰 紫色	kal.saek **갈색** 渴.誰 咖啡色	

9 位置、方向

Track 94

tong.jjok **동쪽** 同.秋 東	seo.jjok **서쪽** 瘦.秋 西	nam.jjok **남쪽** 男.秋 南
buk.jjok **북쪽** 布.秋 北	ap **앞** 阿布 前面	twi **뒤** 推 後面

an 안 安 裡面	pak 밖 扒客 外面	sang.haeng 상행 上．狠 北上
ha.haeng 하행 哈．狠 南下		

10 人物及親友

Track 95

jeo／na 저／나 走／娜 我	u.ri 우리 屋．里 我們	a.beo.ji 아버지 阿．波．奇 父親
eo.meo.ni 어머니 喔．末．妮 母親	o.ppa. 오빠 喔．爸 哥哥（妹妹使用）	hyeong 형 雄 哥哥（弟弟使用）
eon.ni 언니 喔嗯．妮 姊姊（妹妹使用）	nu.na 누나 努．娜 姊姊（弟弟使用）	ha.la.beo.ji 할아버지 哈．拉．波．奇 爺爺

hal.meo.ni **할머니** 哈.末.妮 奶奶	a.jeo.ssi **아저씨** 阿.走.西 叔叔，大叔	a.jum.ma **아줌마** 阿.初.馬 阿姨，大嬸
yeo.nin **연인** 有.您 情人	nam.ja **남자** 男.叉 男人	yeo.ja **여자** 有.叉 女人
eo.leun **어른** 喔.輪恩 大人	a.i **아이** 阿.姨 小孩	chin.gu **친구** 親.姑 朋友
pu.bu **부부** 樸.布 夫妻	hyeong.je **형제** 雄.姊 兄弟	nam.pyeon **남편** 男.騙翁 丈夫
a.nae **아내** 阿.內 妻子	a.deul **아들** 阿.都兒 兒子	ddal **딸** 大耳 女兒
mang.nae **막내** 忙.內 么子	jeol.mneu.ni **젊은이** 求兒.悶.你 年輕人	seon.bae.nim **선배님** 松.配.你母 前輩

jung.gu.gin 중국인 中.庫.金 中國人	han.guk.saram 한국사람 憨.庫.沙.郎 韓國人

11 身體各部位

Track 96

sin.che 신체 心.切 身體	meo.ri 머리 末.里 頭	meo.ri.ka.rak 머리카락 末.里.卡.拉 頭髮
i.ma 이마 伊.馬 額頭	eol.gul 얼굴 歐兒.骨兒 臉	nun 눈 奴恩 眼睛
kwi 귀 桂 耳朵	ko 코 庫 鼻子	ip 입 衣樸 嘴巴
ip.sul 입술 衣樸.贖兒 嘴唇	teok 턱 偷哥 下巴	hyeo 혀 喝有 舌頭

mok.gu.meong 목구멍 某.姑.猛 喉嚨	i.ppal 이빨 伊.八兒 牙齒	mok 목 某 脖子
ka.seum 가슴 卡.師母 胸部	pae 배 配 肚子	teung 등 頓 背
heo.li 허리 後.里 腰	eo.gge 어깨 喔.給 肩膀	bae.kkop 배꼽 配.勾布 肚臍
eong.deong.i 엉덩이 翁.懂.伊 屁股	son 손 手恩 手	pal 발 拔 腳
neolp.jeok.ta.ri 넓적다리 摟樸.秋.打.里 大腿	mu.leup 무릎 木.弱樸 膝蓋	

12 生活用品、藥物

Track 97

cheot.ga.rak **젓가락** 秋.卡.拉 筷子	sut.ga.rak **숟가락** 俗.卡.拉 湯匙	na.i.peu **나이프** 娜.伊.普 刀子
po.keu **포크** 普.苦 叉子	keop **컵** 可不 杯子	su.geon **수건** 樹.幹 毛巾
u.san **우산** 屋.傘 雨傘	an.gyeong **안경** 安.欲恩 眼鏡	kon.taek.teu.ren.jeu **콘택트렌즈** 空.特.的.連.具 隱形眼鏡
haen.deu.pon **핸드폰** 黑恩.的.朋 手機	chae.tteo.ri **재떨이** 切.頭.力 煙灰缸	keo.ul **거울** 口.無耳 鏡子
chong.i **종이** 窮.伊 紙	yeon.pil **연필** 永.筆 鉛筆	pol.pen **볼펜** 波.片 原子筆

chi.u.gae **지우개** 奇.屋.給 橡皮擦	ga.wi **가위** 卡.位 剪刀	hwa.jang.ji **화장지** 化.張.奇 衛生紙
saeng.ri.dae **생리대** 先.里.貼 衛生棉	yak **약** 牙苦 藥	gam.gi.yak **감기약** 甘.幾.牙苦 感冒藥
tu.tong.yak **두통약** 禿.痛.牙苦 頭痛藥	chi.sa.je **지사제** 奇.沙.姊 止瀉藥	chin.tong.je **진통제** 親.痛.姊 止痛藥
ban.chang.go **반창고** 胖.搶.姑 絆創膏（OK 繃）		

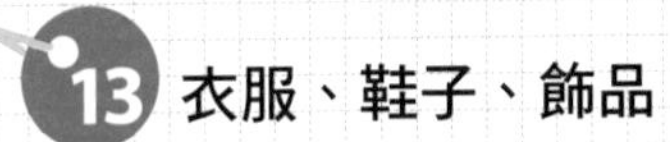

13 衣服、鞋子、飾品

Track 98

ot 옷 喔特 衣服	syeo.cheu 셔츠 羞.恥 襯衫	ti.syeo.cheu 티셔츠 提.羞.恥 T恤
wa.i.syeo.cheu 와이셔츠 娃.伊.羞.恥 白襯衫	pol.ro.syeo.cheu 폴로셔츠 婆.樓.羞.恥 polo 襯衫	cheong.chang 정장 窮.張 西裝
han.bok 한복 憨.伯 韓服	yang.bok 양복 洋.伯 西服	teu.re.seu 드레스 土.淚.思 連身洋裝
ja.ket 자켓 叉.可 夾克	ko.teu 코트 庫.土 外套	seu.we.teo 스웨터 思.胃.透 毛衣
pan.pal 반팔 胖.八 短袖	kin.pal 긴팔 幾恩.八 長袖	won.pi.seu 원피스 旺.匹.思 連身裙

chi.ma ／ seu.keo.teu
치마／스커트
氣.馬／思.摳.土
裙子

mi.ni.seu.keo.teu
미니스커트
米.妮.思.摳.土
迷你裙

ba.ji
바지
爬.奇
褲子

cheong.ba.ji
청바지
窮.爬.奇
牛仔褲

pean.ti
팬티
偏.提
內褲

seu.ta.king
스타킹
思.她.金恩
絲襪

ja.mot
잠옷
掐.摸
睡衣

su.yeong.bok
수영복
樹.用.伯
泳裝

a.dong.bok
아동복
阿.同.伯
童裝

an.gyeong
안경
安.京恩
眼鏡

seon.geu.la.seu
선그라스
松.哭.拉.思
太陽眼鏡

nek.ta.i
넥타이
內.她.伊
領帶

pel.teu
벨트
陪.土
皮帶

mo.ja
모자
母.叉
帽子

mok.do.ri
목도리
某.都.里
圍巾

seu.ka.peu
스카프
思.卡.普
絲巾

jang.gap
장갑
張.甲
手套

pan.ji
반지
胖.奇
戒指

mok.geo.ri
목걸이
某.勾.力
項鍊

gwi.geo.ri
귀걸이
桂.勾.力
耳環

pi.eo.sing
피어싱
匹.喔.醒
耳環（穿孔）

yang.mal
양말
洋.罵
襪子

gu.du
구두
姑.禿
鞋子

hil 힐 喝兒 高跟鞋	rong.bu.cheu 롱부츠 龍.樸.吃 長筒靴子	un.dong.hwa 운동화 運.同.化 運動鞋	saen.deul 샌들 現.都兒 涼鞋
seul.li.peo 슬리퍼 思.里.波 拖鞋	son.mok.si.gye 손목시계 松.某.細.給 手錶	ka.bang 가방 卡.胖 皮包	haen.deu.baek 핸드백 黑恩.都.配 手提包
pae.nang 배낭 配.男 背包	chi.gap 지갑 奇.甲 皮夾	yeol.soe.go.ri 열쇠고리 有.誰.鼓.勵 鑰匙環	son.su.geon 손수건 松.樹.工 手帕

14 化妝品等

Track 99

hwa.jang.pum 화장품 化.張.碰 化粧品	hyang.su 향수 香.樹 香水	pi.nu 비누 皮.努 肥皂
syam.pu 샴푸 香.普 洗髮精	rin.seu 린스 零.思 潤絲精	pa.di.syam.pu 바디샴푸 爬.弟.香.普 沐浴乳

se.an.je **세안제** 塞.安.姊 潔膚乳液（洗面乳）	pom.keul.len.jeo **폼클렌저** 波母.科.連.走 洗面乳液	seu.kin ／ hwa.jang.su **스킨／화장수** 思.金恩／化.張.樹 化妝水
e.meol.jeon **에멀전** 愛.末兒.窘 乳液	e.sen.seu **에센스** 愛.仙.思 精華液	keu.rim **크림** 科.力母 護膚霜
ma.seu.keu.paek **마스크팩** 馬.思.科.佩 面膜	ja.oe.seon.cha.dan.je **자외선차단제** 叉.外.松.擦.蛋.姊 防曬乳	bi.bi.keu.rim **비비크림** 比.比.科.力母 BB 霜
pa.un.de.i.syeon **파운데이션** 怕.運.弟.伊.兄 粉底霜	a.i.syae.do.u **아이섀도우** 阿.伊.邪.土.屋 眼影	ma.seu.ka.ra **마스카라** 馬.思.卡.拉 睫毛膏
lip.seu.tik **립스틱** 力普.思.弟 口紅	mae.ni.kyu.eo **매니큐어** 每.妮.哭.我 指甲油	chung.seong.pi.bu **중성피부** 中.松.匹.樸 一般肌膚
keon.seong.pi.bu **건성피부** 空.松.匹.樸 乾燥肌膚	chi.seong.pi.bu **지성피부** 奇.松.匹.樸 油性肌膚	min.gam.seong.pi.bu **민감성피부** 敏.甘.松.匹.樸 敏感肌膚

yeo.deu.reum 여드름 有.的.樂母 青春痘	keom.beo.seot 검버섯 共.波.手 黑斑	chu.geun.kkae 주근깨 阻.滾.給 雀斑
da.keu.sseo.keul 다크써클 打.科.色.科 黑眼圈	hwa.i.teu.ning 화이트닝 化.伊.特.您 美白	ppo.song.ppo.song 뽀송뽀송 澎.鬆.澎.鬆 平順滑溜
chok.chok 촉촉 秋克.秋克 滋潤	san.tteut 산뜻 傘.度 乾爽	mae.kkeun.mae.kkeun 매끈매끈 每.睏.每.睏 亮澤
kak.jil 각질 卡.季 角質	chok.chok 촉촉 秋克.秋克 濕潤	mo.gong.ke.eo 모공케어 母.工.客.喔 毛孔保養
po.seup 보습 普.濕布 保濕		

15 家電製品

Track 100

ka.jeon.je.pum **가전제품** 卡.窘.採.碰 家電製品	keon.jo.gi **건조기** 空.抽.給 乾燥機	naeng.jang.go **냉장고** 年.張.姑 冰箱
kim.chi.naeng.jang.go **김치냉장고** 金母.氣.年.張.姑 泡菜冰箱	nal.ro **난로** 難.樓 暖爐	e.eo.keon **에어컨** 愛.喔.空 冷氣機
da.ri.mi **다리미** 打.里.米 熨斗	deu.ra.i.eo **드라이어** 凸.拉.伊.喔 吹風機	di.beu.i.di.peul.le.i.eo **디브이디플레이어** 剃.布.伊.剃.普.淚.伊.喔 DVD 播放器
di.ji.teol.ga.jeon **디지털가전** 剃.奇.頭.哥.窘 數位家電製品	ra.di.o **라디오** 拉.剃.喔 收音機	pok.sa.gi **복사기** 伯.沙.給 影印機
pi.di.o **비디오** 皮.剃.喔 錄影機	pi.di.o.ka.me.ra **비디오카메라** 皮.剃.喔.卡.梅.拉 攝影機	se.tak.gi **세탁기** 塞.他課.給 洗衣機

si.gye 시계 細.給 時鐘	cheon.ja.ren.ji 전자렌지 窘.叉.連.奇 微波爐	cheon.ja.seo.jeok 전자서적 窘.叉.瘦.醜可 電子書
cheo.nywa.gi 전화기 窘.那.給 電話機	ka.me.ra 카메라 卡.梅.拉 照相機	tel.le.bi.jeon 텔레비전 貼.淚.皮.窘 電視
to.seu.teo 토스터 投.思.透 烤麵包機	paek.seu 팩스 陪.思 傳真機	

16 飲料

Track 101

mul 물 母兒 水	mi.ne.ral.wo.teo 미네랄워터 米.耐.拉.我.透 礦泉水	cha 차 擦 茶
keo.pi 커피 摳.匹 咖啡	hong.cha 홍차 紅.擦 紅茶	ju.seu 쥬스 救.思 果汁

kol.la 콜라 口.拉 可樂	sul 술 贖兒 酒	maek.ju 맥주 妹.阻 啤酒
reom.ju 럼주 摟母.阻 萊姆酒	so.da.ju 소다수 嫂.打.樹 蘇打水	tong.tong.ju 동동주 同.同.阻 濁米酒
so.ju 소주 嫂.阻 燒酒	re.deu.wa.in 레드와인 淚.的.娃.音 紅葡萄酒	hwa.i.teu.wa.in 화이트와인 化.伊.特.娃.音 白葡萄酒
wi.seu.ki 위스키 為.思.忌 威士忌	kak.te.il 칵테일 卡.貼.憶兒 雞尾酒	syam.pe.in 샴페인 香.片.音 香檳
peu.raen.di 브랜디 布.蓮.弟 白蘭地	nok.cha 녹차 濃.擦 綠茶	si.khye 식혜 西.給 甜酒
in.sam.cha 인삼차 音.山.擦 高麗人參茶		

17 水果

Track 102

gwa.il 과일 瓜.憶兒 水果	ttal.gi 딸기 大耳.給 草莓	po.do 포도 普.土 葡萄
sa.gwa 사과 傻.瓜 蘋果	gyul 귤 求兒 橘子	bok.sung.a 복숭아 伯.順.阿 桃子
ja.du 자두 叉.禿 李子	gam 감 甘 柿子	bae 배 配 梨子
geo.bong 거봉 哥.碰 巨峰葡萄	su.bak 수박 樹.怕客 西瓜	ja.mong 자몽 叉.夢 葡萄柚
cha.moe 참외 恰.妹 香瓜		

18 蔬菜

Track 103

bae.chu 배추 配.醋 白菜	mu 무 木 蘿蔔	ga.ji 가지 哥.幾 茄子
dang.geun 당근 當.跟 紅蘿蔔	gam.ja 감자 甘.叉 馬鈴薯	kang.na.mul 콩나물 空.娜.母兒 豆芽菜
yang.bae.chu 양배추 洋.配.醋 高麗菜	yang.sang.chu 양상추 洋.傷.醋 萵苣	si.geum.chi 시금치 細.刻木.氣 菠菜
kkae.nip 깻잎 跟.你 蘇子葉	u.eong 우엉 屋.翁 牛蒡	ae.ho.bak 애호박 愛.呼.怕客 韓國南瓜
bu.chu 부추 樸.醋 韭菜	pa 파 怕 蔥	go.chu 고추 姑.醋 辣椒

ma.neul 마늘 馬.呢耳 大蒜	yang.pa 양파 洋.怕 洋蔥	han.geun 한근 憨.滾 1斤（600g）
pan.geun 반근 胖.滾 半斤（300g）		

19 建築物

Track 104

keon.mul 건물 空.母兒 建築物	bae.kwa.jeom 백화점 配.誇.獎 百貨公司	syu.peo 슈퍼 羞.波 超市
pyeo.nui.jeom 편의점 騙翁.你.獎 便利商店	a.pa.teu 아파트 阿.怕.土 公寓	u.che.guk 우체국 屋.切.庫 郵局
eu.nyaeng 은행 運.狠 銀行	hak.gyo 학교 哈.教 學校	ho.tel 호텔 呼.貼兒 飯店

re.seu.to.rang **레스토랑** 淚.思.土.郎 餐廳	po.jang.ma.cha **포장마차** 普.張.馬.擦 路邊攤	no.jeom **노점** 努.求母 賣小點心的攤販
su.jok.gwan **수족관** 樹.主.狂 水族館	yu.won.ji. **유원지** 有.旺.奇 遊樂園	pang.mul.gwan **박물관** 胖.母.狂 博物館
mi.sul.gwan **미술관** 米.贖兒.狂 美術館	gong.won **공원** 工.旺 公園	hwa.jang.sil **화장실** 化.張.吸兒 廁所
hwan.jeon.so **환전소** 換.窘.嫂 （外幣）兌換處	yeok **역** 有苦 車站	gae.chal.gu **개찰구** 給.差.姑 剪票口
gong.hang **공항** 工.航 機場	chu.yu.so **주유소** 阻.有.嫂 加油站	gyeong.chal.seo **경찰서** 恐恩.差.瘦 警察署
pa.chul.so **파출소** 怕.糗.嫂 派出所	byeong.won **병원** 蘋.旺 醫院	so.bang.seo **소방서** 嫂.胖.瘦 消防站

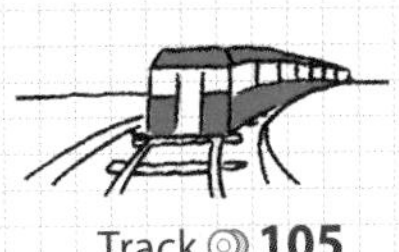

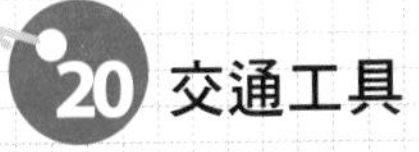

20 交通工具

Track 105

pi.haeng.gi	pae	taek.si	cheon.cheol
비행기	배	택시	전철
皮.狠.給	配	特客.細	窘.球
飛機	船	計程車	電車

chi.ha.cheol	peo.seu	ke.i.beul.ka
지하철	버스	케이블카
奇.哈.球	波.思	客.伊.不.卡
地鐵	巴士	電纜車

cha.jeon.geo	o.to.ba.i	ko.sok.do.ro
자전거	오토바이	고속도로
叉.窘.口	喔.投.爬.伊	姑.收.斗.樓
腳踏車	機車	高速公路

21 觀光景點

Track 106

dong.dae.mun	nam.dae.mun	seo.ul
동대문	남대문	서울
同.貼.目嗯	男.貼.目嗯	首.爾
東大門	南大門	首爾

bu.san **부산** 樸.傘 釜山	dae.gu **대구** 貼.姑 大丘	kyeong.ju **경주** 慶恩.阻 慶州
je.ju.do **제주도** 採.阻.道 濟州島	kang.hwa.do **강화도** 剛.化.道 江華島	in.cheon **인천** 音.餐 仁川
pan.mun.jeom **판문점** 胖.目嗯.求母 板門店	su.won **수원** 樹.旺 水原	kong.ju **공주** 工.阻 公州
pu.yeo **부여** 樸.有 扶餘	dae.jeon **대전** 貼.窘 大田	an.dong **안동** 安.東 安東
chun.cheon **춘천** 春.餐 春川	myeong.dong **명동** 明.同 明洞	jong.ro **종로** 窮.樓 鍾路
in.sa.dong **인사동** 音.沙.洞 仁寺洞	tae.hang.ro **대학로** 貼.哈恩.樓 大學路	i.tae.won **이태원** 伊.太.旺 梨泰院

yeo.i.do	ap.gu.jeong
여의도	압구정
有.衣.土	阿.姑.窮
汝矣島	狎鷗亭

問題練習解答

問題練習 1

❷ 翻譯練習（中文翻成韓文）

1. 理由 (이유)
2. 牛奶 (우유)
3. 嬰兒 (유아)
4. 玻璃 (유리)

❸ 跟老師唸唸看

1. 아우 (弟弟)
2. 아이 (小孩)
3. 우유 (牛奶)
4. 으응 (嗯～)

❹ 聽寫練習

1. 아야　5. 유리
2. 이유　6. 어이
3. 우유　7. 유아
4. 아우　8. 이어

問題練習 2

❷ 翻譯練習（中文翻成韓文）

1. 傻瓜、笨蛋（바보）
2. 都市（도시）
3. 秘書（비서）
4. 誰（누구）

❸ 跟老師唸唸看

1. 주소 (地址)
2. 지구 (地球)
3. 휴지 (面紙、衛生紙)
4. 혀 (舌頭)

❹ 聽寫練習

1. 가구　5. 바보
2. 어디　6. 누구
3. 우리　7. 머리
4. 거기　8. 구두

問題練習 3

❷ 翻譯練習（中文翻成韓文）

1. 茶、車子 (차)
2. 餅乾 (쿠키)
3. 卡片 (카드)
4.T 恤 (티셔츠)

❸ 跟老師唸唸看

1. 코트 (大衣)
2. 커피 (咖啡)
3. 고추 (辣椒)
4. 우표 (郵票)

❹ 聽寫練習

1. 고추　5. 우표
2. 카드　6. 쿠키
3. 티셔츠　7. 코트
4. 차　8. 커피

問題練習 4

❷ 翻譯練習（中文翻成韓文）

1. 那麼 (또)
2. 剛才 (아까)
3. 哥哥 (오빠)
4. 離開 (떠나다)

❸ 跟老師唸唸看

1. 싸우다 (打架)
2. 가짜 (騙子)
3. 쏘다 (射、擊)
4. 꼬마 (小不點)

❹ 聽寫練習

1. 빰　5. 꼬마
2. 떠나다　6. 가짜
3. 아까　7. 오빠
4. 쏘다　8. 싸우다

問題練習 5

❷ 翻譯練習（中文翻成韓文）

1. 注意 (주의)
2. 醫生 (의사)
3. 怪物 (괴물)
4. 公司 (회사)

❸ 跟老師唸唸看

1. 메뉴 (菜單)
2. 예배 (禮拜)
3. 시계 (時鐘)
4. 교과서 (教科書)

❹ 聽寫練習

1. 웨이브
2. 취미
3. 웨이터
4. 의사
5. 귀
6. 원
7. 의자
8. 뭐

別再鬧彆扭了

韓語基礎40音

學發音、趣味圖、會話34變句型，最有梗的韓語教室

→ 25 K

QR Code

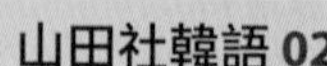

發行人　林德勝

著者　金龍範 著

出版發行　山田社文化事業有限公司

地址　臺北市大安區安和路一段112巷17號7樓
電話　02-2755-7622　02-2755-7628
傳真　02-2700-1887

郵政劃撥　19867160號 大原文化事業有限公司

總經銷　聯合發行股份有限公司

地址　新北市新店區寶橋路235巷6弄6號2樓
電話　02-2917-8022
傳真　02-2915-6275

印刷　上鎰數位科技印刷有限公司

法律顧問　林長振法律事務所 林長振律師

定價　新台幣310元

初版　2023年04月

© ISBN : 978-986-246-753-4

STS
山田社

STS
山田社